文春文庫

女の家庭

平岩弓枝

文藝春秋

女の家庭　目次

女の家庭

パリから

A

パリを午後二時に発ったジャンボジェット機はロンドンで新しい乗客を加え、北廻りの長い旅にさしかかっていた。

パリを出る時、あれほど興奮していた七歳の綾子《あやこ》も縫いぐるみの犬を抱いたまま、いつの間にか眠ってしまっている。

一つ前の座席にいる夫の邦夫《くにお》も、すでに眠っていた。

日本へ帰任するときまってからの数カ月、後任との交替のための残務整理や、パリの多くの友人、知人との送別の集りなどに追いまくられて、睡眠時間が三、四時間という日が続いていた。そんな疲れが、機上で一度に出たものかも知れなかった。

同じ点では、永子《えいこ》も疲れている筈であった。

夫は会社のことにかかりきりだったから、帰国するに当っての家財の整理や引越しの一切は、永子にまかせられていた。引越しといってもパリから東京である。七年もの外国暮しになれば家財も増えていたし、手放し難いものも多い。

知人との送別の食事には、夫婦で出席する場合も少くなかったし、永子にしても、ここ数日はろくに寝る暇もなかった。

肉体も精神も疲労しているのに眠れなかった。一つには、永子がもともと乗り物の中で容易に眠れない体質であることと、もう一つは、明日からはじまる東京での生活が、やはり不安だったせいである。

綾子に毛布をかけ直してやってから、永子は席を立った。

ジャンボジェット機のファーストクラスには螺旋《らせん》状の階段を上るとサロンがある。片すみの椅子に腰を下して、永子は小さな布の袋に入れて来たレースあみを取り出した。

綾子のレースの帽子であった。パリの子供達の間で流行していて、早くからせがまれていたのに、帰国の準備に忙殺されて、思うように出来上らなかったものである。

「なにか、お飲み物は如何ですか」

声をかけたのは、パーサーであった。日本人にしては長身で、黒い制服がまことによく似合っている。

ロンドンからアンカレッジまで乗務のパーサーで、胸に「佐竹」と名札をつけていた。

「レモンティを頂けますか」

パーサーは承知して、永子の右側のテーブルにいるフランス人夫妻にも注文を訊いて去った。

「なにをお作りなのですか」

横のテーブルから老婦人がフランス語で問いかけて来た。

「娘の帽子ですの。今、パリで子供達の間に流行して居ります型の……」

フランス語には自信があった。もともと、父親が外交官で、子供の頃から外国暮しが長い。

「やっぱり……そうではないかと思いましたのよ」

パリに住んでいるのかと、老婦人は話好きのようであった。

七年、パリで暮して帰国する旨を告げると、自分達は日本へ観光に出かけるところだという。

「京都を知っていますか」

老婦人は日本の古都に憧れて、日本観光を思い立ったらしい。

「京都は、私の故郷ですの」

京都の和菓子の老舗《しにせ》が、永子の母の生家であった。

熱心に、永子が京都についての案内をしているところに、先刻のパーサーが紅茶を運んで来た。

なんとなく、永子の説明を聞いている。

フランス人夫妻は、行き届いた永子の案内に感謝した。

スチュアデスが映画がはじまるのを告げに来て、老夫妻はサロンを下りて行く。

「映画はごらんになりませんか」

佐竹というパーサーが、永子に訊いた。

「嫌いではありませんけれど、今は……」

「フランス語が、実に見事なので、驚きました」

先刻の永子の会話のことであった。

「お子さんの帽子ですか」

永子の膝の上のレースあみに視線を落す。

「ええ、パリにいる間に仕上げてやりたかったのですけれど……」

「おいくつですか、お嬢さんは……」

「七つですわ」

「七つ……」

ふっと翳《かげ》のようなものが、男の顔をかすめたようであった。

「失礼しました」

永子に背をむけて、佐竹は礼儀正しくサロンを出て行った。

レースあみの手を止めて、永子は少しの間、男の後姿を見送った。

どういう人なのだろうか、と思う。

パーサーという職業はわかっている。

年齢は三十そこそこだろうか。

子供のことを訊いたのは、ひょっとして彼にも、綾子くらいの年齢の子供がいるのかも知れない。

制服を脱いだ時の彼は、どんな家庭の、どんな父親なのか。

そんな連想をしたのも、やはり東京での新しい生活が心にあるからであった。

木村邦夫は弱電会社の社員であった。永子と結婚する時、すでにパリに行くことがきまっていて、そのために結婚を早くしたくらいである。

パリでの生活は夫婦水入らずであった。

それなりに苦労がなかったわけではないが、言葉に支障がないという強みもあって、永子は、それほど外国暮しに不自由を感じなかった。

綾子を出産した時も、パリの病院であった。

七年間の中、日本へ帰ったのは、夫の父親が病死したときぐらいのものである。

が、今度の東京での生活は、親子三人ではなかった。

夫が帰国ときまって間もなく、知人が三軒茶屋に持っている家を売ってもいいという話を知らせて来た。

子供達が全部、独立してしまった老夫婦が、伊豆へ隠居したいので、手放すことになった家であるという。

東京本社にいる邦夫の友人が、折衝してくれて、邦夫の妹夫婦と母親がみに行き、話をまとめた。

邦夫には二人の妹がいて、上の妹である比呂子《ひろこ》は結婚して、やはり三軒茶屋のマンションにいる。

下の妹は洋裁学校を卒業して、そこの教師になっていた。これは、学校の寮に入っていた。

邦夫の母親の勝江《かつえ》は、それまで夫と共に甲府にいた。もともと、夫婦そろって甲府の出身である。

三年前に未亡人になった勝江が、東京の家に同居することになっていた。下の妹の保《やす》子《こ》も寮を出て、母親と住むという。

つまり、帰国する邦夫夫婦には、母親と妹と二人を加えた生活が待っているわけであった。

永子にしてみれば、姑と小姑との同居である。近くには、もう一人、結婚した小姑もいる。

そのことを、パリの友人達はひどく心配してくれた。

「気苦労なものよ。お姑さんと小姑と一緒じゃ……」

まるで、素手で敵地へ入るようだと譬《たと》えた、パリ在住の日本商社の支店長夫人もいる。

「いくら長男だからって、甲府から出て来て同居することはないでしょう。まだ、一人で暮してどうという年齢でもないんだし……」

航空会社につとめている邦夫の友人夫妻も口をそろえた。

姑の勝江は五十五歳であった。

姑としては、難しい年齢である。

小姑の保子は二十八歳であった。これも女として厄介な年齢といえる。

周囲の心配を、永子はそれほどに思っていなかった。

結婚する時、邦夫の母にも妹にも何度か逢っていた。

勝江は瘦《や》せぎすで、眼鏡をかけている。みかけは少々、意地悪そうでないこともなかったが、どちらかというと理性の勝った性格のようだし、読書好きで、ものわかりのいい女性だと近所でいわれているらしい。

町内の婦人会の会長をしていて、身の上相談などをすることもあるという。世話好きで、話好きらしい勝江に、永子は好意を持っていた。

二人の妹の中、比呂子は母親似で、美人のほうだった。当人も美人を意識していて、化粧や着るものには人一倍、関心が強い。話題も、そうしたことに集中した。

下の妹のほうは、父親似ということで、色が黒く、器量はいいとはいえなかった。体つきも骨ばっていて、男のようである。

姉がお喋《しゃべ》りならば、妹は無口のほうで、あまり笑い声も立てない。

永子は、この妹とも何度か逢ったが、話らしい話をしたことはなかった。どんなに気を使って話しかけても、話題が少しも発展しないのである。

どちらかといえば、この妹と同居することが、永子の気を重くしていた。

が、あまり考えまいと永子は思っていた。

「姑に仕えると思うから苦労になるのよ。自分の母親だと思いなさい。あなたには女の姉妹がないのだから、邦夫さんの妹さんを、本当の妹と思って仲よくしなければ……」

邦夫との婚約がまとまった時に、母の和子がいったことであった。

その母は、永子の結婚を二カ月先にひかえて、心臓病で急死した。

父はそれより二年前に歿《なくな》っている。

「日本の女のいいところは、辛抱を知っていることだ。人と人とのつき合いは、なにもかも最初からうまく行くわけがない。一つ一つ経験して、経験を生かすことだ。相手を知り、相手の心を理解するところから、新しい愛情が育ってくる。そこまでが辛抱だ。辛抱を知らない者は、心がそれだけ貧しくなる。人生を豊かにすることを知っている者は、辛抱の値打を知っているのだよ」

外交官として外国に暮しながら、永子の両親の口から出る言葉は、日本人への愛情であった。

日本人らしさ、日本の女らしさを、永子の両親は幼い娘に機会ある度に話そうとしていた。

「これからは、邦夫さんのお母さまに、なんでもお訊きして、甘えたり、叱られたりして、自分を大きくして行くのよ」

死病の床で母がいい残した言葉を、永子は今、胸の中で呟いてみる。

姑といい、小姑といっても、人と人とのつき合いに変りはないと思う。

こっちが真心をこめてぶつかって行けば、少々の行き違いがあっても、やがてわかってもらえると永子は信じていた。

ジャンボジェット機は、北極点の近くをとび続けていた。

レースあみをしまい、永子はサロンから立ち去った。

B

十九時間の空の旅を終えて下り立った羽田には、邦夫の勤先関係の数人と、勝江と比呂子が出迎えに来ていた。

一通りの挨拶を終えて、会社から廻してくれた車で三軒茶屋へ帰ることになった時、ちょっとしたトラブルが起った。

荷物がハイヤーのトランクに積み切れず、座席のほうへも入れたために、人間の乗るスペースが少くなってしまったのである。

それでも夫婦と綾子は乗れる計算であった。

が、すでにハイヤーの後部の席には、勝江と比呂子が乗ってしまっている。

「無理すれば乗れるわよ。お兄さん、綾子ちゃん、抱いて乗ったら……」

比呂子が、永子を無視した呼び方をした時、邦夫が妹にいった。

「お前は下りてタクシーで帰りなさい。僕らはお母さんと行くから……」

「あたしだけ、下ろされるの」

比呂子がむくれ、勝江がいった。

「じゃ、あたしも比呂子と帰りますよ」

永子が制しかけた時、邦夫がいった。

「いや、お母さんには乗ってもらわないと、家の場所がわかりませんよ」

たしかに、その通りであった。夫婦は新しい自分達の家の所在を知らない。

勝江の隣に永子を乗せ、邦夫は綾子を抱いて乗り込んだ。

ハイヤーが走り出して、永子がふりむくと、比呂子が肩をそびやかすようにしてタクシー乗り場のほうへ歩いて行くのがみえた。

「申しわけありません。比呂子さんにお気の毒なことをしてしまって……」

永子は身を縮めるようにして、姑に詫びたが、邦夫はこともなげだった。

「当り前だよ、この車は、僕達のために会社が出してくれたんだ。公私のけじめはつけなけりゃいけない」

「荷物がこんなに多いとは思いませんでしたよ、大変な荷物ね」

勝江は、いくらか眉をしかめるようにしていった。

「そりゃそうですよ、当座のものだけ持って来たって、家族三人ですからね。会社関係への土産物もあるし、制限重量ぎりぎりに荷ごしらえするだけだって、大変だったんです」

実際、殆《ほとん》どのものは船便で送っていた。勤めがあるから、邦夫の身のまわりのものと、綾子のものは欠かせない。永子自身は、ほんの着がえ程度しか持てなかった。

「いつ、甲府から出て来たの」

邦夫が、母親に訊いた。

「十日ばかり前ですよ。家財は大方、処分しましたよ。運ぶのも大変だったから……」

「家は売れたの」

「いくらにもなりませんでしたけどね」

親子の会話なのに、永子には、ひどくそっけないように聞えた。どこかでよそよそしく他人行儀なところがある。

七年もはなれて暮していたせいかと思った。

一つには、男の子というものは、そんなものかも知れない。

七歳の綾子は、きょとんとして東京の街を車窓から眺めている。

パリで生まれた子であった。邦夫の父が死んだ時は、まだ小さいので、パリの隣人にあずけて、夫婦だけで短い帰国をした。

この子にとっては、はじめての日本である。

本当なら、綾子にそのことを話してやりたかった。

たとい、汚れた空であっても、ごちゃごちゃした町並であったとしても、そこに日本人が生き、日本の心が育っていることを、幼い綾子へ話してやりたいと思う。

言葉が出しにくかった。傍に姑がすわっているだけで、いつもの夫婦の会話の雰囲気にならない。

「どうだ、綾子、お前の故郷、日本は……」

邦夫が膝の上の娘に訊いた。

「あんまり、きれいじゃない」

綾子が小さな声でいった。

「そうか、きれいじゃないか。そりゃ日本にとって残念なことだな」

父親が笑い、永子は思わず、いい添えた。

「きれいなところもあるのよ。パリよりも、もっと美しいところも……いつか、綾ちゃんにみせてあげるわ」

「そうだな、落ちついたら三人で京都へ行こうか。京都のひいおばあちゃんに、綾子をみせてあげよう」

はずんだ声で、邦夫がいった時、勝江が静かな調子で口をはさんだ。

「京都も最近は悪くなりましたよ、どこへ行っても人が大勢で……ちっとも、きれいじゃありませんよ」

高速道路は混んでいたが、それでも一時間と少しで三軒茶屋へ入った。

新しい家は表通りから、かなり奥へ入った場所であった。

「ちょっと不便だな」

駅まで大人の足でも十五分はかかりそうであった。

「どうせ、車を買うんでしょう」

先に立って家へ入りながら、勝江は息子をふりむいた。

「車で通勤というわけには行きませんよ。東京の交通事情ではね」

「気に入らなかったら、又、他をさがして引越したら……」

「そうは行きませんよ、買った以上……」

「すぐ売れますよ、この辺は……」

夫と姑の会話を、永子は、はらはらしながら聞いていた。

荷物は邦夫と運転手が、玄関に運び入れる。

永子は運転手に心づけを渡して礼をいった。

運転手は車をバックさせて戻って行った。

路地の奥は行き止りであった。

大型車がやっと入れるほどの道幅である。

古い家が多かった。

戦後に建てられたものが多いに違いないが、それでも二十年以上の歳月を経ている。

どの家も百坪以内の敷地に四、五十坪の家を建てている。

狭い庭にはそれ相応に古い柿の木などがあって、ちょっとした閑静な住宅の雰囲気を作り出していた。

家には、保子が留守番をしていた。

この前、葬式で逢った時よりも老けて、うっかりすると、永子より年上にみえそうであった。

「あたしと保子が二階にしましたよ。そのほうが、あなた達に都合がいいでしょうから」

階下は六畳ほどの洋間に八畳と四畳半、それに台所とリビングルーム、風呂場にトイレットに納戸がついている。

二階は八畳と六畳と三畳であった。

八畳を勝江が、六畳と三畳を保子がときめて、すでに家具が入っていた。

甲府をひき払う時、家具の大半は処分したと勝江はいったが、それでも階下までなにやかやと入っている。

押入れには古めかしい夜具が積んであり、台所用品も古いままにおさまるところにおさまっていた。

他人の家へ入ったような気分で、永子は家の中をみて歩いた。

すでに、この家では勝江と保子が何日か生活して来た痕が、そこここに出来上ってしまっている。

夕方であった。

六時をすぎている。

保子は、食事の仕度をしていなかった。

「てんやものですませたら……」

邦夫がいったが、勝江の話だと、まだ越して来て間がないので、どこの店へ電話をしていいかわからないという。

「なかなか出前をしないらしいわよ、このところ、日本も人手不足でね」

といって、自分で台所へ立つ様子もない。

永子は慌《あわ》てて買いものに出た。

この町へ入って来た時にマーケットのあるあたりはすばやく目に止めて来ている。

日本へ帰って来たのだから、日本らしい食事がよかろうと思い、豆腐や秋刀魚《さんま》を買い求めて帰ってみると、姑と小姑は二階へ上ってしまっていて、邦夫が一人でスーツケースから品物をとり出して整理している。

台所で、不馴れなままに米をさがし、電気釜のスイッチを入れた。

「ママ、このお家に住むの」

心細そうに、綾子が台所へ入ってくる。

綾子の心細さが、そのまま、永子の心細さになりそうなのを、永子はつとめて明るく払いのけた。

「そうよ、明日からパリのお家のように、あっちこっち少しずつ、きれいにして行きましょうね」

そうだ、と味噌汁のだしをとりながら、自分にいいきかせた。

パリに行った時も、そうだったのではなかったか。なにもないところから一つずつ自分達の生活を作り上げて行った。

あれと同じことを、日本のこの家でも又、最初から繰り返せばいい、あせってはならないと永子は思った。

秋刀魚が焼け、冷や奴に味噌汁という食事の仕度が出来て、邦夫が母と妹を呼んだ。

「おや、こんなお食事でよかったら、あたしでも仕度が出来たのに……パリにいたからフランス料理でないといけないのかと思ってしまって……」

勝江はそんなふうにいって箸をとった。

保子のほうはむっつりしたままである。

みんなに食事を出しておいてから、永子は気がついて風呂場へ行った。

食事の間に風呂をわかしておくつもりであった。

はっとしたのは、昨夜の湯がそのまま、湯舟に残っていたからである。湯はかなり汚れていた。女二人が入っただけにしてはひどい。

慌てて、永子は湯を落し、風呂場をざっと掃除した。

日本へ帰って来て、はじめての夜である。夫にも娘にも、新しい湯を使わせたかった。

「おい、なにをしている」

邦夫が立って来た。

「保子も仕様がないな。風呂の掃除ぐらいしておけよ」

その声で、勝江が出て来た。

「今日はたてかえしでいいと思ったのよ。昨夜しか入っていないんですからね」

永子は再び、申しわけありませんを繰り返した。

勝江と保子は不機嫌に食事をすませて二階へ上って行った。

汚れた食器は綾子と邦夫がパリに居た時と同じように台所まで運んでくる。

「あなた、あまりお母さまや保子さんに、なにかおっしゃらないで下さい。あたしが不馴れなんですから……」

そっといった。

邦夫が苦笑した。

「お袋は田舎者で気がきかないんだ。当分、やりにくいだろうが、まあ、たのむよ」

皿を洗うのも、邦夫は気軽く手伝った。

「秋刀魚、うまかった。パリじゃ、あの味は出せないからな」

三十分ほどで湯がわいて、邦夫が綾子を入れた。

夫婦の寝室は八畳になる。当分、綾子を真ん中にして、川の字に寝ることになりそうであった。

ベッドでない布団に綾子が寝るのは、はじめてである。

押入れから布団を出して、永子は再び、途方に暮れた。

客用の寝具であったが、古びたものである。

それも、何年も使わないまま、しまってあったのを甲府から送って来て、そのまま押入れに突っこんであった。

今夜、帰ってくる人のために、布団を陽にあてるという心づかいを、姑も小姑も忘れている。

しめって、かびくさい布団に、永子はシーツを敷いた。

上掛の麻布団もナフタリンくさい。

それでも、風呂から上ってきた綾子は眼を丸くして喜んでいた。

西洋風呂と違って、いくらでも湯を浴びて、洗い場で石鹼を流して入る日本式の風呂も、もの珍しかったらしい。

綾子も夫も、文句もいわず眠ってしまったのを見届けて、永子は二階へ上って行った。

「申しわけありません、お風呂があきましたのですけれど……」

障子のむこうから勝江が答えた。

「わたしは今夜は、風呂は頂きませんよ」

理由はいわなかった。

永子は、保子の部屋へ声をかけた。

「好きなときに入りますから……」

お先にどうぞという挨拶はなかった。

階下に戻って来て、明日の朝のためにコーヒーとパンがあるか探してみた。

どちらも買っていない。

ここは日本だったと思い直した。

カフェオレとクロワッサンという朝食の習慣ではない。

米をとぎ、台所の鍵を確かめて、電気を消した。

四畳半へ戻って、スーツケースの整理をする。

旅の疲労が全身を重くしていた。

一昼夜、眠っていない。

保子はなかなか下りて来なかった。

十一時をすぎて、永子はあきらめた。洗面所で手足を洗い、顔を拭いて、寝衣に着かえた。

布団に体を横たえて、うとうとしたかと思うと、大きな足音が階段を下りて来た。

風呂場の戸のあけたても乱暴である。

階下に人が寝ていることを、全く考慮しない湯の音をたてて、保子は長い間、風呂場にいた。

やがて、女とは思えないような足音で二階へ戻って行く。

永子は起き上って、風呂場まで行ってみた。

電気がつけたままであった。風呂のふたはあけっぱなしで、石鹼箱には水がたまっている。

脱衣所には、脱いだ下着がそのままであった。

仮にも、洋裁学校の教師をしている人とは思えない行儀の悪さである。

風呂場を片づけて、永子は再び、かびくさい布団に戻った。

新しい生活は、翌朝から永子を戸惑わせた。

姑の勝江は朝五時に起きる。

二階の雨戸をあけ、庭の掃除をはじめるのであった。

「いい加減にしてくれよ、母さん、俺達は疲れているんだぞ」

邦夫はどなって、布団へもぐり込んだが、永子はとび起きて、身仕度をした。

台所で朝食の仕度をする。

永子は手が早かった。仕事の要領がいい。

三十分で、朝の食事の仕度が出来てしまう。誰も起きては来ない。

庭の掃除に出て行ってみると、勝江は草むしりをしていた。

「夏は雑草がよく伸びてねえ」

一緒にかがみ込んだ嫁に、甲府の家の庭の話をはじめた。

三百坪もあった庭には、日本のあちこちの珍しい石が集められ、池には鯉が泳いでいたという。

「この年になって、こんな狭い家で暮すようになるとは思いませんでしたよ」

東京へ出て来たことが、つらそうな姑であった。

「人間、年をとってから零落したくありませんね」

東京へ来て、息子と暮すことになったのを、勝江は零落したと感じているようであった。

彼女の生家は甲府の造り酒屋であったが、戦時中の統制で店をしめている。

邦夫の父の家もやはり造り酒屋だったが、こっちも戦後、大手の酒造会社に合併されてしまって、その後は、名目だけの役員として捨て扶持《ぶち》程度の給料をもらっていた。

それでも、土地を持っていたし、町会長のようなことをしていたから、勝江にとっては名士のような存在に思えたのかも知れなかった。

それにしても、邦夫は、いわゆるエリートサラリーマンであった。

彼がパリ支店で果した功績は高く評価されているし、パリ支店長時代に、会社の輸出額は大きく増えた。

今度の帰国も、栄転であった。

年齢にしては遥かに早い昇進を続けている息子との同居生活が、勝江に零落したといわせる意味がどうしても永子には理解出来ない。

が、こだわってはいられなかった。

夫はすでに東京本社へ復帰して、多忙な生活を開始している。

パリから持って来たデイジイや矢車草の種子を、永子は庭のすみに播《ま》いた。

パリでの七年間をふりむいてみるのはやめようと思う。

日本の生活が開幕していた。

妻として、母としての生活の他に、嫁として、兄嫁としての立場が永子を待ちかまえている。

草の種子に土をかぶせ、永子は丁寧に如雨露《じょうろ》で水をやった。

秋風の中で

A

その日、永子は娘の綾子を連れて、銀座へ出た。

Sパーラーで、N女子大の附属小学校の教師をしている友人に逢うためであった。バスで渋谷に出て、地下鉄で銀座へ出る。綾子は、なにもかも珍しそうであった。

帰国してから、殆ど外出らしい外出はしていない。

永子にしても、夫と共に、夫の会社関係や仲人などに、帰国の挨拶に廻って以来のことであった。

一つには三軒茶屋の家の機構のせいであった。

古い家だから、鍵をかけて外出するには不便であった。雨戸まで閉めないと戸じまりが出来ない。

それと、姑の勝江は、家を留守番なしにあけることをひどく嫌った。

「東京は物騒ですからね、泥棒にでも入られたら大変じゃありませんか」

一度、夕方になっても勝江も保子も帰宅しないので、止むなく、戸じまりをし、隣家に声をかけて、綾子を連れて夕方の買い物に出かけた時、運悪く、一足早く帰宅していた勝江に、叱責された。

「どうして、綾子ちゃんを留守番にして行かないんですか。七つにもなっているのに、留守番が出来ない筈はないでしょう」

たしかに、それは姑のいう通りであった。しかし、永子の気持の中には、七歳の子を一人で残して行くことのほうが不安だった。

まだ、日本にも馴れていない。

それに、パリでの生活では、鍵をしめて外出するのが普通であった。むしろ、幼い子を残して行くことのほうが、危うがられる。

品物を盗まれるのはあきらめるが、子供の命をとられたり、誘拐されたりしたら、とりかえしがつかないという考え方であった。

だが、ためらいがちに、永子が釈明すると姑は居丈高になった。

「七つにもなっているんですよ。変な男が入ってくれば逃げるんじゃないの。赤ん坊ではあるまいし、おめおめと誘拐されるようなのろまな子なのかしらね、七つにもなって」

勝江には、都会の生活の底に、いつ何時、起り得るかわからない非常事態への怖れはないようであった。

「比呂子のところなんか、同じ七歳だけれど、いつでも一人で留守番をしていますよ。

マンションで、鍵一つで外出出来るけど、比呂子は必ず百合を留守番において行っていますよ。夜だって、母親がいなくとも、一人で食事もするし、お風呂にも入るし、ちゃんと寝てますよ」

勝江は飛躍したものの言い方をした。

七歳の子が、眠る時間まで母親が帰ってこないということのほうが、永子には大変なことに思われた。格別な事情がない限り、永子は娘がベッドに入る時間までには必ず帰宅していた。パリの家にはメイドがいても、そうしていたものである。

それとなく、訊いてみると、比呂子は夜、出かけることが案外、多いらしかった。

「行一さんのおつとめが、レコード会社でしょう。おつき合いが派手で、比呂子もよく呼び出されるらしいんですよ」

娘の夫が芸能人や歌手とつきあいの多いのを、勝江は誇らしげに、嫁に語った。

姑の言い方には納得出来ないままに、永子は外出がしにくくなった。

保子は日曜をのぞいて、毎日、洋裁学校へ教師としてのつとめに出ている。

勝江は、予定で行動出来ない女であった。

一日、二階でなにかしている日もあるし、突然、ふらりと出かけて行くこともある。出かけて行く先は、人方、近くのマンションに住んでいる長女の比呂子のところであった。

比呂子からも、よく電話があった。

「デパートへ買い物に行くんだけれど、お母さん、一緒に行かない」

とか、

「展示会の通知が来ているけど」

「バーゲンセールがあるのよ」

などと、気儘《きまま》に誘いが来る。

そのことに、永子は苦情をいうつもりはなかった。

ただ、困るのは、出かけたら最後、何時に帰るかわからないことである。

八時頃に空腹のまま帰ってくることもある。

「比呂子と食事をして来たのよ」

と九時に帰宅の場合もある。

「お母さん、飯を食ってくるんなら、ちょっと電話してくれないか、こっちの都合もあるんだよ」

一度、邦夫が母にいったことがある。

それが逆効果で、翌日の午後、比呂子がやって来た。

「お姉さまに、あやまりに来ましたのよ」

例によってパリの有名デザイナーのプレタポルテを派手に着こなした比呂子が、眼許に険のある笑顔でいい出した。

「私が、母と食事をしたのが、お気に召さなかったようね」

永子はあっけにとられた。

「なんのことでしょう」

「おとぼけもお上手ね。なんでも、兄にいいつけて、兄からいわせるんですってね。母が泣いていましたわ」

その勝江が二階から下りて来た。

「比呂子、なんにもいわないでよ、あとで又、あたしがいやな思いをするだけだから……」

流石《さすが》に永子もたまりかねた。

「なにか、誤解していらっしゃいませんか。私達はお母さまが夕食にお帰りになると思って、お待ちしていたんです。それで、邦夫さんが、お帰りになったお母さまに、外で食事をなさる時は、ちょっと家へ電話をしてくれないかと申し上げただけですわ。私がなにかいったわけじゃありません」

「たまには電話を忘れることだってあるわ。なにもかも、一々、永子さんにおことわりしないと、母と外出することも出来ませんのね」

「そんなことはありません。どうか御自由になさって下さい、私はなにも文句をいっているわけではないのですから……」

声が慄《ふる》えて、永子は唇を噛《か》みしめた。

そのことがあってからも、勝江は意地になったように、突然、出かけ、突然、帰ってくる。

たまに、永子が買い物に渋谷まで出かけたいと思って、勝江の予定をきいても、

「わかりませんよ」

とすげない返事をされるだけであった。

そんなわけで、学校が始るまでに、少し東京のあっちこっちを見物させたいと思っていた綾子も、三軒茶屋の家へ閉じ込めっぱなしになってしまった。

だが、今日ばかりはそうも行かなかった。

綾子の入学の相談であった。

当初、永子は、綾子を近所の公立の小学校へ転入させるつもりであった。

が、たまたま、帰国して、小学校の教師をしている友人の本条恵美子に電話をしてみると、彼女が奉職しているN女子大の附属小学校に編入試験があるという。

「一年生と四年生なのだけれど、一学期中にお父様の転勤などで、急に退学した子供が何人かあってね、それで、珍しく、編入試験ということになったのよ」

もし、入学を希望するなら、テストを受けてみたらといわれて、永子はその気になった。

N女子大は永子の母校であった。

小学校から中学までは京都の学校で、高校からN女子大の附属に入学した。その頃の恩師も、まだ教職についているし、母校で教鞭をとっている本条恵美子のような友人も

何人かいる。

そのことが、パリで生まれ、七歳ではじめて日本へ帰って来たというハンデを持つ綾子の母親として、力強い気がした。

勿論、邦夫も賛成であった。

「テストに合格するかどうか心配だが、まあ、力だめしと思って受けさせてみたら……」

永子も、そのつもりであった。

小学校一年のことである。どうしてもそこに入らねばという気負いは、母にも子供にもなかった。

土曜日であった。

N女子大の附属小学校は五日制で、土曜は休校である。

七丁目のフルーツパーラーに本条恵美子は一足先に来て待っていた。

永子とは高校から大学まで一緒だった友人である。永子のほうは高校からだったが、彼女は幼稚園からN女子大の附属で、しかも、大学まで首席で通した秀才であった。

両親も教育者で、敬虔《けいけん》なクリスチャンでもある。

「お帰りなさい。久しぶりね」

気軽く手をあげて恵美子は、友人を迎えた。

「こちらが綾子ちゃんね」

綾子は、永子にうながされる前に、丁寧にお辞儀をしていた。

「こんにちは」

という声もはっきりしていて、ものおじしていない。

飲み物を注文してから、恵美子はさりげない調子で、いくつかの問いを綾子へ向けた。

「きれいな日本語ね。フランス語も喋れるんでしょう」

永子に訊く。

「むこうでは、学齢期が早いので、三歳から午前中は幼稚園、フランス系のですけれど、そっちはフランス語なの。午後は日本語学校へ行っていて、どっちも一通りは勉強して来たんですけれどね」

勿論、七歳の子の教育程度という意味である。

「平仮名は書けるかしら」

「はい」

綾子が返事をした。

「片仮名と、漢字も少し……」

本条恵美子が本を出した。

「読めるかしら」

綾子が声をたてて読みはじめた。

静かなパーラーの中でも、子供の可愛い声は、あまり気にならない。

午前中のことで、パーラーの中の客も、まだ多くなかった。

「立派なものよ。テストを受けられるわ、是非、受けさせるべきよ」

用意して来た二、三の知能テストをさせてから、恵美子は満足そうに、友人をみた。

「ハンデなんて、ちっとも感じないわ。七年もパリで育ったなんて嘘のよう。あなた、本当によく育てたわね」

賞められて、永子は赤くなった。願書も本条恵美子が用意して来てくれていて、この場で書けば、月曜日に手続きを代行してくれると親切であった。

これから歌舞伎をみに行くという本条恵美子と別れて、永子は出たついでに必要な買い物をすませ、三軒茶屋へ帰った。

家には比呂子が来ていた。

近所の鮨屋から出前をとって、母娘で食べている。

「あら、早かったじゃない」

お茶を飲みながら、ふりむいた。

「お午《ひる》、まだなの、外ですませてくるのかと思ったわ」

綾子と二人なら、外で食事をしてよかった。

家にいる勝江に気がねして、早々に帰って来たのである。

台所で、永子は綾子の好きなサンドウィッチを作った。フランスパンを横に切れめを入れて、そこにハムやレタスをはさみ込む。

パリでは手軽な午食であった。

「N女子大の附属を受けるんですって」

比呂子が訊いた。

「ええ、一応……」

「お金がかかるわよ、あの学校」

眉をしかめてみせる。

「おつきあいも大変ですって……贅沢で……」

「私の時は、そんなこともありませんでしたけれど……」

やんわりと永子は否定した。

「昔と今では違いますよ。入学だって、お金次第で裏口入学が出来るんですって……」

綾子が、そこにいる。無神経な発言であった。

「お兄さん、お金持だから、この際、ばぁんとかけてやったら……」

「家では、そういうことは致しません」

強い声で永子は言い切った。

鼻白んだ顔で、比呂子が立ち上り、勝江がいった。

「比呂子、二階へ来ない」

「そうね」

リビングは食べたものが、汚れたままであった。

鮨の皿と箸を片づけ、テーブルを拭いてから、永子は綾子と遅い昼食を食べた。家の雰囲気が七歳の子にもわかるのか、ひっそりとうつむいて食事をしている。

「ママの母校なのよ、N女子大は……」

つとめて明るく、永子は話しかけた。

「ママは自分の学校生活が、とても楽しかったから、綾子にもそういう生活をさせたいと思って、テストを受けさせようと考えたの。ママも実力で入ったわ。よけいなお金なんか使って、汚いことをして入ったんじゃないの。だから綾子も正々堂々とがんばってね」

落ちてもかまわないと永子はいった。

「今度は急だったんですもの、もし綾子が入りたかったら、中学の時に受ければいいのよ。人生は長いんですもの」

綾子が微笑した。

「ママ、綾子、比呂子叔母様のいったことなんか気にしてないわよ」

七歳の子に、いたわられた感じであった。

永子は笑い出した。

「そうね、ママ、少し気にしすぎね」

その話を、永子は夫にしなかった。日本へ帰って来て、新しい職場で神経をすりへらしているに違いない邦夫に、いやな思いをさせたくなかった。

比呂子がどんな嫌味な女でも、夫にとっては実の妹であった。肉親の悪口をいわれていい気持のするわけがない。

編入テストは七月の末に行われた。

ちょうど、夏休みに入ったところである。

合格した子供が、九月の新学期から登校出来るようにという学校側の配慮らしい。

発表は一週間後であった。

「おめでとう、入りましたよ」

発表の朝に、本条恵美子から電話が入った。

「本当は昨夜、わかったんだけど、公私を混同してはいけないと思ってね」

そういうところが、彼女らしかった。

「よかったな、綾子……」

邦夫は手放しで喜んだ。手続きにも夫婦そろって行こうという。

「制服やなにかの注文もあるのだろう、学校の準備もある。買い物をして、外で食事をして来るよ」

母さんも行かないかと、一応、邦夫は声をかけたが、勝江は首をふった。

「留守番がいませんからね」

「それじゃ、母さんに留守番をしてもらおうかな」

土曜日であった。

それ以上は、邦夫も誘わず、親子揃って家を出た。

学校で手続きをすませ、邦夫だけが会社へ向った。

「十二時には仕事が終る」

待ち合せ場所は日比谷のホテルのロビイにきめた。

綾子は物珍しそうに校庭を走り廻っていた。

あひるを飼っている片すみをのぞいてみたり、鉄棒にとびついたりしている。

永子は教員室へ行った。

今日は特別に何人かの教師が出勤して来ている。本条恵美子は窓ぎわの席から、永子をみかけて、すぐ立って来た。

「手続き、すんだの」

気軽く、廊下へ出て来た。

制服の注文や、ランドセルや筆箱など、附属小学校で規定になっているもののメモを用意してくれてある。

「制服はこの店でサイズをとってもらって夏休みの間に仕立てておくといいわ。その他のものは、大学の購買部へ行くと揃っています」

書類の中には月謝やPTA会費などの金額も明示されていた。

私立としては、常識的な金額で、格別、高すぎるほどのことはない。

「この他に、月々、どのくらい用意しておいたらいいかしらね」

それとなく、恵美子に訊ねた。

「その他に……特にないわよ。上級生になると修学旅行の積立金なんかがあるけれども」

何故かといわれて、永子は、比呂子からいわれたことを、いくらかひかえめに話した。

「妹さんのお嬢さん、綾子ちゃんと一緒ぐらいの年だっておっしゃったわね。どこの学校へ行っていらっしゃるの」

永子は、百合の行っている小学校の名をあげた。私立である。

「それこそ、お嬢さん学校で有名よ」

制服がないかわりに、生徒が毎日、服をとりかえてくることなどでよく話題になるのだと、恵美子は説明してくれた。

「悪口になったら、ごめんなさい。学校としても一流ではないのよ。妹さん、少しやっかみがあるんじゃないかしら」

ずばりといわれて、永子はあっと思った。

「うちは、あなたも知っているでしょうけれど、質実剛健の気風が残っているわ。そりゃ、公立にくらべて学費はかかるけれども、妹さんのお子さんの行っている小学校にくらべたら、多分、ずっと質素な筈よ。お母さま同士のおつきあいも、そりゃ派手な方もないわけじゃないけれど、学校側としては、むしろ、派手になることを喜ばないところがあるから、永子さんさえ、しっかりしていれば大丈夫……」

親友に笑われて、永子は心が軽くなった。

「まあ、なんでも相談してちょうだい。公私は混同しませんけれど、あたしで出来ることなら、力になれると思うのよ」

礼をいって、永子は校庭にいた綾子を呼び、一度、校門を出た。道路を渡って大学側の門を入る。

大学の構内にある購買部は、永子が在学中の時より建物が新しくなって、商品の数もずっと増えている。

規定の学用品は、今、注文をして、品物を受け取るのは、九月の学期はじめだという。

「小学校は六日からですが、購買部は二日からあいています。前日にでも、受けとりにいらして下さい」

今度、編入なさっていらしたのですか、と購買部の職員は、やさしい眼を綾子に向けた。

申込書を書き、代金を支払ってから、ついでに、学校のマークの入ったノートや、鉛筆、消しゴムなどを買いととのえる。

幸せな気分を永子は味わっていた。

大学の構内は、永子の在学中とあまり変っていない。建物は増えたが、大きな欅《けやき》や、つつじに囲まれた散歩道などは、昔のままである。

裏門を出ると、道路をへだてた向うに大学の寮がある。

「ママは、お家が京都だったから、寮へ入っていたのよ」

指さして綾子に教えた。

永子の父親は外交官であった。母は京都の老舗の娘である。

父親の転勤について、外国暮しの多かった永子だが、学齢期になったのと、たまたま、

その当時、父親の赴任していた国があまり治安がよいとはいえなかったこともあって、

或る時期から永子は京都の祖母の手許にあずけられていた。

中学までは京都で、高校からは自分が志望して東京のN女子大の附属へ進んだ。

「ママ、京都のおばあさまに逢いたいわ」

バスを待ちながら、綾子がぽつんといった。

「そうね、おばあさまも待ちかねていらっしゃるわ」

帰国して、真先にとんで行きたかった京都である。

十八で永子の母を産んだ祖母は、綾子の曾祖母に当る。すでに七十九歳になっていた。

「今日、パパにおねだりしてみましょうね」

その京都行の話は、邦夫もすぐ承知した。

「気になっていたんだよ」

会社での仕事も落ちついたので、早速にも休みをとろうと邦夫はいった。

「久しぶりに想い出のところへ行ってみたいな」

邦夫とは、見合結婚だったが、婚約期間中、よく邦夫が京都まで来て、嵯峨野や嵐山、

高雄などを歩いたものであった。

夕食も外ですまそうという夫をなだめて、永子は肉や野菜を買い求めて帰宅した。

驚いたことに、リビングでは宴会の真最中であった。

比呂子夫婦に娘の白合、それに、勝江と保子が加わって、永子達がパリから帰る時に持って来たウイスキーやブランディまであけている。

テーブルの上には、出前をとったらしい刺身や酢の物に、鰻が並んでいて、大方は箸をつけてあった。

「やあ、お帰りなさい。お母さんが一人で留守番で寂しいといってみえたので、みんなでやって来たんですよ」

いくらか、間が悪そうに、行一《こういち》がいった。

「兄さんもいらっしゃいよ。さあ、どうぞ」

誰の家か、わからない顔で、比呂子が水割を作りながら、邦夫を呼んだ。

「着かえてから、行くよ」

一度、寝室へ入って、邦夫は和服に着かえた。

結婚前は、全く和服を着なかった邦夫だが、永子の好みで、普段着から和服に手を通すようになると、すっかり和服党になってしまって、パリでも、家でくつろぐ時には和服という邦夫であった。

「へえ、兄さん、着物なんか着るんですか」

リビングへ顔を出した邦夫をみて、行一が派手な声をあげた。

「らくでいいんだよ。馴れたらやめられなくなってね」

「お姉さんの趣味ですね」

行一が、台所で働いている永子をみて、いった。

「僕なんかも、着物が好きで、家へ帰った時ぐらい、着たいと思うんですがね、比呂子がいやがるんですよ」

「だって、着物は手入れが大変なのよ、一々、クリーニングに出さなけりゃならないし、クリーニング代が馬鹿にならないわ」

「なに、いってる」

笑いながらだが、行一が反論した。

「自分はシーツから、枕カバーから、足袋までクリーニングに出すじゃないか」

「アイロンが、うまくかからないからよ」

比呂子が口をとがらせた。

「永子に教えてもらったらどうなんだ」

邦夫が妹へいった。

「永子なんか、俺のワイシャツまで、自分でアイロンをかけてるぞ、下手なクリーニング屋がはだしで逃げるくらいだからな」

「お姉さんは、なんでも上手ですからね」

つんとした娘へ、母親が助け舟を出した。

「行一さんはお洒落だから、とても素人がアイロンをかけたワイシャツなんか、着ませんよ」

邦夫が立ち上って、寝室へ行った。

昨日、永子がアイロンをかけたばかりのワイシャツを持って戻ってくる。

「どう、行一君、この程度じゃ着られないかな」

「これ、姉さんがアイロンかけたんですか」

信じられないという顔を行一がした。

「僕のところへ来ているクリーニング屋より、よっぽど、いいですよ」

成程、玄人にしてはあまり上手なアイロンとはいい難かった。糊でごま化しているが、着ている自分のワイシャツの衿をめくった。

永子の仕上げたほうが、ずっと垢ぬけている。

「ワイシャツの仕立てが違うのよ」

比呂子が抵抗した。

「パリ仕立てのワイシャツにはかないませんよ」

「残念ながら、こいつは日本のデパートの出来上り品だよ。オーダーじゃない。安物なんだ」

勝ち誇ったように、邦夫はワイシャツを寝室へ戻しに行った。

「じゃ、これから、ワイシャツのアイロンは全部、お姉さんにかけてもらおうかしら」

ぬけぬけと比呂子がいって、手ぎわよくオードブルを作って運んで来た永子を眺める。

「とんでもない。あの布地はアイロンがかけやすいだけなんです。とても玄人のように は出来ませんわ」

行一は永子の手料理に眼を見はった。

「これ、たった今、姉さんが作ったんですか」

「間に合せで申しわけありません」

「いや、旨いですねえ、やっぱり、パリ仕込みですか」

てんやもので、かなり満腹している筈の行一が、実によく食べた。

「パリでは、よく家に客を招いたんだよ。普段のつき合いから、日本からみえるお客さんなんぞ、そう、いつもいつも、レストランへ招待していたら、交際費が赤字になってしまうのでね。みんな、喜んでくれたよ。一流レストランでフランス料理を食うよりも、永子の手料理のほうが評判がよかったんだ」

「あなた……」

永子は夫をたしなめたが、酒の酔いもあって、邦夫の女房自慢は止らなかった。

「そりゃそうですよ、僕なんかも商売柄、よく外国へ出かけますけれど、やっぱり、うまかった、有難かったと印象に残っているのは、ニューヨークの友人の家で、奥さんの手料理を御馳走になった時ですね。味噌汁に焼魚やとんかつでね、ああいうもてなしが旅行者には一番ですよ」

　ひとしきり飲んで、行一と比呂子が、百合を連れて帰ると、勝江と保子はそのまま、二階へ上ってしまった。

「仕様がない連中だな。後片付けぐらい手伝ったらいいのに……」

　邦夫がいったが、永子にとって、この程度の洗いものはなんでもなかった。

　パリ時代と同じように、邦夫も綾子も出来ることを手伝ってくれる。

　湯加減をみていると、二階から下りて来た勝江の声がしている。

「あなたが永子さんを賞めるのはいいけれど、あちらの行一さんはどうかしてますよ。あれじゃ、比呂子が役立たずの女房といわんばかりじゃありませんか」

　邦夫が笑った。

「実際、そうらしいな。百合ちゃんの躾《しつけ》もなってないし、母さん、少し、比呂子に注意したほうがいいですよ。あの子はちょっとひどすぎる」

　事実、その夜の百合はどうしようもない子であった。食べものは食べ散らすし、部屋を走り廻り、手当り次第に、その辺にマジックペンで落書をしようとする。比呂子は知らん顔だが、行一が叱ると、反抗してジュースや水割のコップをひっくり返したりする。なにもしない綾子を蹴とばしたり、つねったりするかと思うと、邦夫にたしなめられて大声で泣きわめいたりする。

「あのくらいの年頃は、あんなものですよ。綾子は少し、こまっしゃくれていますよ」

勝江は苛々した調子でいい、階段を上って行った。

勝江の声がきこえたのか、綾子はしょんぼりしている。こまっしゃくれたという日本語の意味は正確にわからなくとも、祖母が自分に好意を持っていないことは、子供心にもわかったらしい。

姑との同居を失敗だったと永子が思ったのは、この時が最初であった。

八月になって、少々、面倒なことが起った。

やっととれた邦夫の休暇が、比呂子の軽井沢旅行とぶつかったのである。

勝江は比呂子と出かけるという。

「保子一人、留守番では物騒ですよ、嫁入り前の若い女ですから……」

邦夫が母親と話し合ったが、やがて諦めたように告げた。

「先に京都へ綾子と行っていてくれ。迎えがてら、俺は日帰りで京都へ行く」

新幹線は午後一時の東京発であった。

綾子を連れて、永子は指定席に着いた。スーツケースをあみ棚へ乗せようとする。

「失礼ですが……乗せましょう」

脇から声がかかった。長身の男が、スーツケースをとって、乗せてくれる。

ベージュのサマースーツに、スポーツシャツの着こなしが見事であった。永子へ微笑している顔に見憶えがある。

「あの……いつか、パリからの機内で……」

「おぼえていて下さいましたか」

パーサーの佐竹守明は、なつかしそうに永子をみつめ、ポケットから名刺を出した。

「その節は失礼しました」

古都

A

パリから日本へ帰国する時、ロンドン、アンカレッジ間を乗務していたパーサーが佐竹守明であった。

はじめての長い空の旅だった綾子に、さりげなく気を使ってくれた印象が強い。

綾子も、佐竹をおぼえていた。

「九月から学校ですね。学校はきまりましたか」

通路に立って、佐竹は綾子を眺めながら訊ねた。

「おかげさまで、なんとか……」

自分の母校の附属小学校へ転入出来たと、永子はつつましやかに話した。

「失礼ですが、どちらですか」

「N女子大の附属でございます」

佐竹の表情に驚きが浮んだ。

「そりゃあ偶然ですね。実は、僕の娘もN女子大の附属なんです」

今度は永子が眼をみはった。

「何年生でいらっしゃいますか」

「一年です」

綾子も一年生であった。

「たぶん、うちの娘と同じくらいかと思っていたんです」

今日の旅は、娘に逢いに行くのだと、佐竹はいった。

「京都の、僕の母のところへ、夏休みで遊びに行っているものですから……」

「京都でいらっしゃいますの。私も祖母と兄が京都に居ります」

奇遇というのは、こういうことかと永子は佐竹に親しみを持った。

「九月になりましたら、どうぞよろしくお願いします。なにしろ途中から転校でございますので……」

綾子のために、永子は心をこめて佐竹に頭を下げた。

「こちらこそ……よろしくお願いします」

車掌が切符の検札に来て、佐竹は自分の席へ戻って行った。

「パーサーの小父さまのお子さんが、綾子と同じ学校の一年生ですって……」

窓ぎわにすわっている綾子にいうと、綾子もすでに大人の会話に耳を傾けていたらしく、いくらか不安そうに首をかしげた。

「お友達になれるかしら」

「きっと、なって下さるわ」

綾子は綾子なりに、新しい学校に期待と不安を感じているらしい。

京都で、佐竹の娘と綾子が対面できるといいと永子は考えていた。自然に友達になれたら、綾子の新学期はもう一つ、楽しいものになるに違いない。

旧東海道線からみると風情のなくなった新幹線の車窓からの風景だったが、綾子は飽きもせず眺めている。

この旅が、最初から夫と、親子三人だったらと思い、永子は少々、情なかった。

姑の勝江は今朝、比呂子夫婦と車で軽井沢へ向っていた。

レコード会社へ勤めている比呂子の夫の行一が、仕事の上でつき合いのあるプロダクションの誰かから紹介された貸別荘へ二週間滞在するという。

「比呂子のほうが誘ったんだから、気を遣うことはないだろう」

と夫の邦夫はいったが、それでも、永子は勝江にまとまったこづかいを渡しておいた。

勝江は格別、嬉しそうでもなく、その金をハンドバッグに入れて出かけて行ったが、正直の話、永子にとっては、かなりの出費であった。

パリで生活していた時は、外地駐在員の常で外地勤務手当もつくし、住宅と車が会社から支給されていた。

邦夫の勤めている会社では、住宅費一切が会社持ちのきまりだったから、ガス代から電気代、水道代、家の補修費まで、会社が負担してくれる。

パリは東京並みの物価高といわれるけれども、食費に関しては、遥かに日本より安かった。親子三人が余裕のある生活をして、貯金が出来た。

日本では、そうは行かなかった。

覚悟して来たことだが、日本の物価には永子はしばしば嘆息をついた。無論、住宅光熱費はすべて自分で支払わねばならないし、姑と、夫の妹と二人も家族が増えた。勝江は勿論だが、洋裁学校の教師をしてかなりの月給をとっている筈の保子までが、今のところ、全く食費を払う気配もなかった。

邦夫が長男であり、今の三軒茶屋の家を買う時に、甲府の家を処分した金を勝江から援助してもらっているのだから、勝江も保子も当然という顔で、邦夫の厄介になっているようであった。

夫の親を扶養することも、義妹の世話をすることも、永子は迷惑がっているわけではなかった。

が、家計簿のやりくりは、かなりきびしい。

それでも、永子には自信があった。

安い材料で旨い料理を作ることも、クリーニング屋顔まけのアイロンかけの技術を持っていることも、家計には大きな影響を与える。

衣料品も、パリに居た時分、一流店のバーゲンを利用して、いいものを安く心がけて揃えていたから、さしあたって、当分は間に合いそうであった。

永子が、今日着ているベージュの麻のスーツなど、もう三度目の夏を迎えるが、新品同様にぱりっとしているし、デザインも古くない。

三時間の旅の間に、佐竹は一度、娘のために京都へ持って行く本だが、よかったら読まないかといって、綾子に絵本とチョコレートを届けてくれた他は、自分の席を動かなかった。

旅のプライバシイを考慮して、けじめを守っているような佐竹の態度も、永子には好感が持てた。

京都駅のプラットホームには、永子の兄の重治《しげはる》が迎えに出ていた。

京菓子の老舗である「辻村」の一人娘だった永子の母が、外交官の父と恋愛結婚をした時、もし、子供が生まれて、その子が承知してくれたら「辻村」の跡つぎにするという約束があって、重治は中学の時から「辻村」を継ぐ決心をして、祖母の手許で育てられた。

顔立ちも性格も、父親よりも歿《なくな》った「辻村」のほうの祖父に似ていて、手固い商売をしながら、店を大きくした。

「待ってたのやで……ほんまに、いつ来るかいつ来るかと、お祖母ちゃんも首を長うして待ってたのや」

スーツケースは、下りる時も佐竹があみ棚から下して、ホームまで持ってくれた。

その佐竹にも迎えがあった。

佐竹によく似た老婦人に手をひかれた女の子である。

「母と、娘のみちるです」

佐竹が紹介し、永子も兄にいった。

「パリから帰る時、お世話になったパーサーの佐竹さんなんですよ」

兄は丁寧に佐竹に挨拶をし、その母にも頭を下げてから、永子をふりむいた。

「佐竹はんは、うちのお得意様や。お祖母ちゃんのお茶のお仲間やがな」

老婦人が微笑した。

「辻村はんには、いっつも、お世話になってますねん」

タクシー乗り場まで行く間に、二人の子供はもう打ちとけていた。

「どうぞ、お遊びにいらして下さい。お待ちして居ります」

大人の言葉の尾について、子供達は約束をしていた。

永子は、兄の店の車で四条烏丸にある実家へ戻った。

厳密にいうなら、母の実家だが、外交官で転勤の多かった両親の手許をはなれて、兄と二人、早くから祖母と暮していたこともあって、玄関を入っただけで、はっとするほどのなつかしさがある。

祖母の信子は、待ちかねていた。

「お祖母ちゃんもう何度、出たり入ったりしてはったか、わからしまへんえ」

兄嫁の秋子が笑いながら、手早くおしぼりや、麦湯などを運んでくる。

この兄嫁は、永子にとって小学校の同級生であった。いわば幼なじみの仲よしではあり、さっぱりした性格なので、兄嫁という気がねがない。

夫婦の間には男の子が二人いて、小学校五年と四年であった。

「二人とも、昨夜から興奮しているのよ、パリからシンデレラ姫がやってくるような感じでね」

母親の秋子に笑われて、男の子二人は照れくさそうに、それでも、すぐ綾子に話しかけた。

「駅で佐竹はんに逢うたんや、お千恵はんが孫を連れなさって、息子さんの出迎えに来てはったんやけども……」

その佐竹の息子がパーサーで、日本へ帰る時、世話になったと永子が話すと、祖母は眼を丸くした。

「世の中って広いようで狭いものですね。その佐竹さんのお嬢さんが、綾子の今度入るN女子大の附属小学校の、やっぱり一年生ですって……」

綾子が二人の従兄に誘われて二階へ行ったあとの祖母の部屋であった。

「お千恵はんの息子はん、守明さんいうたかねえ。奥さんと別れなはったんか」

祖母の信子がいい、妹のために店の菓子を菓子皿に盛って戻って来た兄が、うなずいた。

「そんな話やったな。戸籍のほうは、まだ片づかんような話やけど……」

思いがけない話に、ぼんやり庭をながめていた永子は、我に返った。

「佐竹さん、離婚したんですか」

「ここだけの話やけど、奥さんに男はんが出来て別居してはるそうや」

娘のみちるは、佐竹がひきとって、

「東京の守明はんのお姉さん夫婦が、あずかってなさるような話やったがな」

そんな事情があるとは夢にも思えなかった。

機上勤務の時の佐竹は、明るく、さわやかな態度で屈託がなかった。

「誰にも家庭の事情はいろいろあるものや。男は顔に出さんけど……」

信子の手許で茶筅《ちゃせん》が鮮やかに動いて、緑色の抹茶が黒楽の茶碗にきれいな泡を立てた。

B

京都の休日の中に、綾子と、佐竹守明の娘のみちるとは、急速に親しくなった。

最初は、みちるの祖母の千恵が伴って、辻村へやって来て、その後は子供同士、勝手に約束をしては、両家を行ったり来たりしている。

綾子について永子が行く時もあるし、みちるを迎えに守明が来ることもある。

その日は、守明が運転してみちると綾子が北山杉を写生に行くという。

「ママも行きましょう。お弁当持って……」

綾子もいうし、永子も心が動いた。

娘時分、よく兄とハイキングに出かけた場所だったし、見合から結婚までの間に、夫を案内して歩いた想い出もある。

フランスパンのサンドウィッチやおにぎりの弁当を作って、永子は綾子と一緒に、佐竹の車に乗った。

子供二人は、はしゃぎ切っている。

「よろしくお願いします」

表まで送って出た兄の重治が佐竹に挨拶をして、

「こちらこそ……夕方までには必ずお送りしますから……」

佐竹も車を下りて頭を下げた。

永子は子供二人と並んで後部の席にすわった。

助手席には弁当の籠や水筒がおいてある。

子供達は車の中でも、忽《たちま》ちしりとりをしたり、なぞなぞを出し合ったりして退屈するふうもなかった。永子も、もっぱら子供の仲間入りをしている。

高雄の神護寺を廻って、北山杉の里へ入った。

佐竹の知り合いの家へ車を止めて、杉の皮むきをしている作業を子供達にみせる。

みちると綾子は、すぐスケッチブックをとり出した。

杉の丸太に腰をかけて、各々、大真面目な顔で写生をはじめる。

みちるは画が好きらしかった。

「姉夫婦のところには、子供がいませんので大事にしてくれているんですが、マンション住いで近所に同い年ぐらいの子供がいませんから、どうしても一人で本を読んだり、画を描いたりすることが多くなるらしいんです」

近くに画を教える人があって、そこへ土曜ごとに通っているという。

「お住い、どちらですか」

「姉のマンションは青山です。僕も青山なんですが、いくらか原宿寄りのところで……」

綾子も画は好きであった。

パリにいた時分は、よく日曜日にブローニュの森などへ出かけて親子で絵筆を持つこともあった。

「みちるの母のこと、お耳に入っていると思いますが……」

子供達と少しはなれて、声の届かない程度の場所をえらんで、佐竹は永子に話し出した。

「正式に離婚はしていないので、学校のほうには内緒にしてあります……」

子供のためには、出来るだけ離婚は避けたかったと、佐竹はほろ苦く笑った。

「子供の学年名簿があるんですよ」

一年から六年まで、級ごとに児童の名前がアイウエオ順に並び、その下の欄に父と母の名と職業、住所が記入されている。

「みんな両親の名前が並んでいるのに、一人だけ片親というのは、みちるがショックを受けるような気がして……つまらないことかも知れませんが……」

「いえ……」

佐竹の、小さい娘への配慮が胸にしみるようであった。

「私、父が外交官でございましたので、子供の時分から兄と二人、祖母の家で育ちました。父兄会に祖母が必ず来るんですけれど、友達にお前のところは、お父さんもお母さんもいないじゃないか、親なしっ子だとからかわれて、兄にすがりついて泣いたことがありますわ」

今、考えると泣くほどのことではなかった。

外国に赴任していた両親と別れて暮していても、祖母の愛情にくるまれて幸せな日々であったのだ。

「御両親は御健在ですか」

「いえ、二人とも、もう歿《なくな》りました」

祖母だけが達者で七十を越えた。

「それは、お寂しいですね」

佐竹のところも、母だけであった。

「父兄会が困るんです」

N女子大の附属小学校では父母会という名称だが、一学期に二回は、親が学校に出る機会がある。

「主として学期はじめと学期末なんですが、父母会といっても、百パーセント、お母さんでしてね。出席すると黒一点になってしまうんです」

それでも、一年生のことで、欠席するよりはましと思って出かけたが、やはり、みちるが友達になにかいわれたらしい。

「どうせ、君のところはどうしてお母さんが来ないのか、などというのだろうと思いますが、みちるは、なんといわれたか僕にいわないんです。うすうす、母親が家を出た事情に気がついているようで……あきらめているんでしょう。ただ、帰って来て、かくれて泣いていたと姉にいわれまして……」

二学期には、いっそ、姉に代って出席してもらおうかとも考えていると佐竹はいった。

「ただ、せめて片親なのだから、娘の学校の集りぐらい、僕が出てやりたいとも思いますし……」

秋には、又、運動会だの遠足だの、親が参加しなければならない行事が多い。

「おつとめにも、差しさわりがございますのでしょうね」

機上勤務であった。

外国へ出れば、何日かは帰れない。

「幸い、学校が一年の行事を一学期にプリントして渡してくれてありますので、なるべくそれに合せて、行事のある日は休めるようにやりくりしています」

ただ、つらいのは、天気で、運動会と予定されている日が雨天で順延となった場合だ。

「そう何度も自分勝手なことはいえませんから……」

「お仕事の時は、みちるちゃんをお姉さまのお宅へおあずけになっているんですか」

「そうなんです」

勤務の終った日は、羽田からまっすぐ姉のマンションに寄り、みちるを連れて、自分達の家へ帰る。

「どんなに遅くても、みちるが待っているんです。不愍《ふびん》な気がしましてね」

原宿に近いマンションでは父と娘の二人暮しであった。

「通いの家政婦が週に二回、掃除に来てくれますが、あとは僕がやっています。もう馴れましたよ」

つとめて、なんでもなく話してはいるが、佐竹の苦労は、永子の心にしみた。

女手一つで子供を育てる苦労話はよくきくが、男手一つで幼い子供を育てる困難も、或る意味ではそれ以上かも知れなかった。

「同じ学校のことですし、もし、私でお役に立つことがございましたら、なんでも致しますから……」

そういわずにはいられない気持だった。

綾子と並んで、時々、声をたてて笑いながら、楽しげに画を描いているみちるの姿が痛々しい。

「みちるの奴が、あんなふうに笑っているのをみるのは久しぶりなんです。救われたような気がしますよ」

一日の行楽を終えて帰って来て、永子はその話を兄嫁の秋子にした。

「佐竹さんのおばあちゃんが、よう、うちのおばあちゃんにこぼしてはるそうや。守明はともかく、みちるちゃんがかわいそうやて」

「どうして離婚なんてことになったんでしょう、佐竹さん、いい人だし……」

スポーツマンタイプの感じのいい男であった。

穏やかで、優しい人柄のようにみえる。

「結局、パーサーっていうのは、家を留守にすることが多いでしょう」

普通のサラリーマンのように、朝出かけて夜帰ってくるという仕事ではない。

「奥さん、それが不満で寂しくなって、他の男の人を好きにならはったんやて……」

「だって……お子さんもあるのに……」

船乗りのように何カ月も帰って来ないわけではなかった。

「それだけやないでしょう。性格の不一致とか……夫婦別れまで話が行くいうのは、一つや二つの理由やあらしまへんやろ」

さまざまの不満やくい違いが積み重って破局へ導いて行ったのだろうと、秋子はいった。

「永子はんのように、幸せにとっぷり首までつかっている奥さんには、わからへんわ……」

そうだろうかと、永子は一人で考えていた。

人からどんなに幸せにみえる人間でも、それなりに苦しみもあるし、不満もある。

その人間が不満や苦しみを、どの程度に受けとめているかが、別れ道のような気がした。

京都へ来て一週間目に、邦夫が迎えに来た。

本当は十日目に来る予定であった。

「どうも、お前も綾子もいないと落ちつかなくてね」

辻村の家族に挨拶をして、二人きりになった時、邦夫はそうささやいて苦笑した。

勝江は無論、軽井沢から帰って来て居らず、日帰りで迎えに来たのだから、最終の新幹線で帰京しなければならない。

午後から親子三人で四条河原町へ出た。

東京へ帰るとなれば買い物もある。

「なつかしいな、この辺は……」

結婚前のデイトでも、よく歩いた道であった。

綾子のために、祇園に近い下駄屋で子供用のぽっくりを買う時、気がついて、永子はもう一足買った。

「佐竹さんのお嬢さんにあげようと思って……」

綾子もみちるも、今年の十一月が七五三の祝いであった。

「佐竹さんのおばあさまが、みちるちゃんの七五三の着物のことを話していらっしゃったのよ」

パリからの帰りの機内のパーサーとのめぐり合わせを永子は邦夫に話した。

「よかったじゃないか、綾子に早速、友達が出来て……」

邦夫は単純に娘のために喜んでいた。相手の家庭の事情は、あまり気にしていない。

錦と呼ばれている市場で、京都の土産を買って戻ってくると、今しがた、佐竹がみちるを連れて来たという。

「奈良へ遊びに行くので、あさって、もしご一緒出来たらとおっしゃってみえたのよ。今夜、東京へ帰るというたら、みちるちゃんががっかりしはって……気の毒やったわ」

兄嫁の秋子がいうと、綾子も奈良へ行きたいといい出した。

「又、連れて来てやるよ。東京と京都は近いんだ」

邦夫がなだめた。

綾子は、折角、友達になったみちるとの別れが寂しそうだったし、永子のほうは予定より早く帰る孫娘に、急に気落ちしたような祖母が、ひどく気になった。

年齢よりも若くみえ、達者だという信子だが、やはり年のせいか、心細くなっているし、どこか頼りなげでもある。

「又、近い中に来ます」

永子は祖母を慰めたが、現実には今日帰ったら、まず当分は家をあけるのが無理のように思えた。

東京での生活は、必ずしも永子の自由ではない。

「どうもパパはみんなから怨まれたようだな」

帰りの新幹線の中で、邦夫が苦笑した。

「せめて二、三日、あなたが京都に泊って下さるとよかったんですわ」

保子一人で東京の家の留守番が出来ないわけはなかった。

二十八にもなっているのだし、野中の一軒家でもない。

「ま、いいさ、秋に、又、来よう」

だが、十二時近くなって、眠そうな綾子をはげましながら、三軒茶屋の家へ帰って見ると、茶の間で保子と勝江がお茶を飲んでいる。

「お母さん、帰ったんですか」

流石《さすが》に、邦夫が唖然として訊いたが、保子も勝江も平然としている。

「比呂子ったら、ひどいんですよ」

勝江がまくし立てた。

「まるで女中を連れて別荘へ行ったつもりでいるのよ」

貸別荘だから、旅館と違って毎日、掃除もしなければならないし、三度三度の食事の仕度も必要である。

「着いた日から掃除、洗濯、全部あたしに押しつけてね、自分は毎日、着飾って友達のところを訪ねたり、買い物をしたり、勝手気儘なことばっかりやってるのよ。こっちは百合の相手はしなけりゃならないし、ごはんの仕度はさせられるし……」

つくづくいやになったから一足先に帰って来たという。

「何時頃、帰ったんだ」

「お午《ひる》すぎだったわよ、まあ東京は暑いこと、空気は悪いし、やっぱり軽井沢にいたほうがよかったかしらねえ」

綾子を寝室に寝かしながら、思わず、永子は涙がこぼれそうになった。

あんなにも永子と綾子の訪れを喜んでくれた祖母の顔が眼に浮ぶ。

別れる間ぎわまで綾子を抱き、永子の手を握りしめて、京都駅までついて来た祖母であった。

新幹線が発車する時には、たまりかねてハンカチーフを顔に押し当てていた祖母でもあった。

年寄りの感傷かも知れないが、そんな祖母の傍に、せめて予定の日まで居てやりたかったと思う。

呉服屋に、すでに綾子のために七五三の衣裳を注文してあった信子であった。

その染め上りが二日後で、

「仕立ては間に合わないけれど、ちょっと肩にかけて……」

と、そんなことまで楽しみにしていたのを、ふり切るようにして帰京したのは、誰のためだったのか。

「母さんが帰って来たのなら、ちょっと京都へ電話をしてくれたらよかったのに。そうすれば、俺も二、三日、むこうに泊って来たんだよ」

邦夫にいわれて、勝江は、

「そうだったわね」

と答えた。

「うっかりしたのよ」

暑い、暑いといいながら、二階へ上って行く姑を、永子は情ない思いで見送った。

その夜、永子は久しぶりに夫と小さないさかいをした。

「どうして連絡してくれなかったのかしら、なにも今日帰らなくともよかったのに……」

妻の悲しみを、邦夫はそれほどに考えていなかった。

「うっかりしたんだとさ」

「うっかりじゃなくて意地悪だわ」

そうとしか思えなかった。

京都から何度となく、来るように、祖母が逢いたがっているからと、兄の葉書が来ていたのを知らない勝江ではなかった。

「そんなふうにいうなよ」

邦夫は不快な顔をした。

「物事は悪く解釈したら、きりがない」

夫の声が冷たく聞えたので、永子は黙ってしまった。

うっかりも、ぼんやりも、度を越すと意地悪になると、永子は思っていたが、考えてみれば、夫にとって、相手は母親であった。

どんなに欠点だらけの母親でも、その欠点を妻に指摘されたくないのが、夫の気持かも知れないと思う。

夫と妻はどこまで行っても他人なのかと永子は愕然とした。

結婚して、はじめて、夫との心のふれ合いに溝が出来たような気がする。

C

九月になった。

六日から、綾子は新しい小学校へ出かけて行った。

二日ばかり、永子がついて行き、三日目からは、もう一人で元気に通学している。

「みちるちゃんと同じクラスだったの」

最初の日に、嬉しそうに、校庭へ手をつないで、みちると走ってきた綾子は、毎朝、原宿の駅でみちると待ち合せて、学校へ行くらしい。

山手線のホームのどのあたりに着く車輛に乗るのかきめていて、渋谷から乗った綾子がドアのところに顔をみせていると、ホームに待っていたみちるが、いそいそと乗り込んでくる。

おそろいのセーラー服に、おそろいの帽子とランドセルの二人が、仲良く肩を並べて通学して行く姿は、なんとも微笑《ほほえ》ましかった。

「みちるが、大層喜んでいるんです。おかげで、とても元気になりました」

新学期がはじまって二週目に、父母会があって、永子が出かけて行くと、一足先に講堂の席にすわっていた佐竹が、近づいて来て挨拶をした。

「いいえ、こちらこそ、助かりました。こんなに早く学校生活にも馴れましたし、学校へ行くのが、なによりのたのしみになっていますの」

永子にしても、同じ思いであった。

「今日も黒一点ですか」

なんとなく、まわりを見廻して微笑した。

思い思いのワンピースやツウピースの母親にまじって、佐竹のグレイの背広がひどく目立つ。

「もう馴れましたよ」

佐竹が笑って、メモ帖を出した。

教師が入って来て、馴れた物腰で挨拶をはじめる。
校庭から子供達の歓声が聞えていた。

義妹の見合

A

十月になって間もなく、永子にとっては義妹に当る保子の見合の話が、木村家に持ち込まれた。

縁談を持って来たのは比呂子の夫の笠田行一で、相手はテレビ局の営業に勤務している児玉浩一郎という三十二歳の男であった。

長男だが、上に女ばかり三人もいて、福岡の素封家という実家は長女の姉が、すでに養子をむかえて、あとを継いである。

「そんなですから、結婚しても両親と同居する必要もありませんしね。ま、三十二まで結婚しそびれたのは、彼にその気がなかったからで、会社でも評判のいい、好青年ですよ」

当人は昔から結婚する相手は見合できめるといっていて、今までにも数回、見合の経験があるが、どれもまとまらなかったのだと、行一は、見合用の写真や履歴書などをテーブルの上へひろげた。

「もし、保子さんが逢ってみる気があったら、こっちの写真と書いたものをむこうにみせて、お見合ということにしたらどうですか」

行一の話に、まず勝江が大乗り気になった。

「やっぱり行一さんはよく気がつくわねえ。保子のために、こんないい縁談を世話してくれるなんて……そこへ行くと邦夫なんか、なんにもしてくれやしないんだから……」

比呂子もしたり顔でいった。

「随分、前から心がけていたのよ。なかなかいい人がいなくてね。保子だって、もう二十八ですもの。今年中にきめたって、式をあげるのは来年になっちゃうじゃない……」

たしかに、結婚適齢期を二十四、五とすれば、保子は遅れていた。

洋裁学校の教師をしているが、一生、デザイナーとしてやって行くつもりもないようだし、洋裁店を経営しようという才覚もない。

どちらかというと陰気な感じのする女であった。体は骨ばっていて、容貌は十人並みだが、とりたてて特徴のない顔で表情に乏しいから一層、損をしている。

「保子ときたら、まじめすぎてボーイフレンド一人いないんだもの、あきれちゃうわ」

そういう比呂子は高校時代から若い男にちやほやされて、デイトの申し込みをことわるのに苦労したというのを、未だに自慢にしている。

「大体、保子はお化粧も下手だし、地味好きだから、男の人からみると魅力がないのよ」

ずけずけと比呂子がいい、見合の当日は自分の行きつけの美容院ですっかり仕度をさせるほうがいいなどとアドバイスをしている。

保子は、見合の気があるのかないのか、相手の写真をちらとみたきりで、母や姉の前では、あまり関心のないような顔をしている。

それでも、見合をする件だけは、

「お母さんや姉さんのいいようにしていいわよ」

恩着せがましい返事で承知した。

早速、勝江と比呂子が、前から用意してあった保子の盛装した見合用の写真に、書いたものを添えて、行一にことづける。

「テレビ局の営業マンに、保子のようなタイプの女が気に入るかな。保子にはもう少し地味な世界の男のほうがよくはないのかい」

帰宅して、その話をきいた邦夫がいったが、

「そんなことといったら、保子がかわいそうよ。もともと、保子は派手な世界が好きなんだもの」

忽ち、比呂子から逆襲され、

「そうですよ、折角の縁談に、けちをつけるのはおやめなさい」

勝江までが息子を叱りつけた。

早速、見合の当日に着て行くもののことで毎日、ああでもない、こうでもないと勝江

と比呂子と大さわぎをしている。

永子は、その話題から全く遠ざけられていた。

相手の写真も履歴書も、邦夫がみている時に、わきからちらと眺めたにすぎなかった。別にみたいとも思わなかったし、意見を求められても返事のしようもないことなので、むしろ、姑や小姑から疎外されているほうが気持はらくであった。

しかし、同じ家族なのに、少くとも兄嫁の立場で、義妹の縁談について、全く相談もされないというのは不思議な気がした。

外国にでも離れて暮しているならとにかく、朝夕、一軒の家に顔を合せている家族なのである。

保子も、比呂子も、

「お義姉さん、どう思います」

の一言ぐらい、いってもよさそうに思うし、勝江にしても、

「こんな経歴の人なのだけれどもね」

と、相手に対しての予備知識を長男の嫁に話してくれても不自然ではない。

が、三人の女達は徹底して永子を仲間はずれにした。

そのくせ、見合の打合せと称して毎日のようにやってくる比呂子は一日中、勝江の部屋にいて、やれコーヒーを入れろのケーキはないかと、勝手なことをいい、時には夕食の買い物まで、永子に頼んだりする。

保子の見合の日は、たまたま綾子の運動会の当日とかち合った。

小学校一年になって、はじめての運動会であった。

「お父さまの出る競技もあるのよ。お母さまのもあるの」

張り切ってプログラムを持って帰って来た綾子は、親子三人で運動会の一日を過すことをたのしみにしている様子であった。

日曜日である。邦夫の会社も勿論、休みであった。

「よし、パパも綾子に負けずにがんばるか」

邦夫はのんきにプログラムをみて笑っていたが、永子は悪い予感がした。

勝江は、この家を鍵をかけて留守にすることを好まない。

もしも、勝江が保子の見合について行くとなると、日曜日は誰が留守番をするのか。

土曜日に呉服屋から、保子の見合用の着物が出来上って来た時に、永子はちょうど帰宅した夫に、そっと訊ねた。

「母さんが留守番をするんだろう」

邦夫はそういった。

「見合には比呂子夫婦がついて行くといっていたよ。母さんまで行くことはないだろう。なまじっか、娘の母親がついて行くのは、この娘も年をとるとああなるのかとわかってしまって、相手をがっかりさせるというじゃないか」

屈託なく笑っている夫に、永子はそれでも念のため、姑に訊いてみてくれと頼んだ。

邦夫が着がえをすませた時、ちょうど二階から勝江と比呂子が下りて来た。

「すごくいい着物よ。あれなら、保子も少しは、ぱっとしてみえるんじゃない」

邦夫の顔をみるなり、比呂子がいった。

「それじゃ、まるで着物が見合するようじゃないか」

「女なんて、結局、そんなものなのよ」

お母さん、なに着て行くの、と比呂子が勝江をふりむき、永子は、はっとした。

「お母さんも行くのか」

流石に少し慌てた調子で邦夫が訊いた。

「当り前ですよ。どこの世界に親のついて行かない見合なんてありますか」

「しかし、比呂子たちがついて行くんだろう。なにも、母さんまで行かなくたって
……」

「そうは行きませんよ」

勝江が眼をあげて、茶の間と台所の境に立っている永子を眺めた。

「なにか、あたしが保子の見合について行ってはいけない理由でもあるのですか」

永子は眼を伏せ、それでも必死になっていった。

「いいえ、そうじゃありませんけれど……」

「綾子の運動会なんだよ」

邦夫が助け舟を出すように、大きくいった。

「永子さん、ついて行けばいいでしょう」

勝江は平然としている。

「父親の競技もあるんだ。綾子もたのしみにしているし……」

「別に出なくたっていいのよ。全員、お父さんが来るとは限らないんですもの」

面白そうに眺めていた比呂子が口をはさんだ。

デニムのロングスカートに赤いセーターを着ている姿は、学生のように若かった。当人もそれを意識している。

「そりゃそうだが、綾子にとっては、はじめての運動会だからな」

「うちなんて、運動会の日、出張でね、あたしだけついて行ったのよ。お父さんとお母さんとそろって来ている人なんて、そんなに多くはなかったわ」

比呂子の娘の百合の通っている小学校の運動会は先週であった。

たしかに、行一は出張で、そのかわりに勝江が午後から見に行った。

「そうですよ。そんなにお父さん方はみえていませんでした。なにも、邦夫さんがどうしても行かなけりゃならないものじゃないでしょう」

果して、勝江は居丈高になった。

「保子のお見合と、綾子の運動会と、どちらが大事だと思っているんですか。綾子の運動会は毎年あるんじゃないの」

邦夫が黙った。

「永子さん……」

姑が柔かい声で永了へいった。

「よろしいんでしょう。あなた一人、運動会へ行けば……」

永子は救いを求めるように夫をみた。あんなに喜んでいる綾子の気持が不愍であった。

「世の中には、親のない子だっているんですよ。贅沢をいったらきりがないわ」

理屈にならないことをいって、勝江はその話を打ち切った。

永子はそっと台所へ戻った。

明日のために、奥から出して来た水筒がテーブルの上においてある。

弁当を作り、お茶を用意して、秋の一日を娘のために過そうという幸せな気分に、水をかけられたような気がする。

「仕方がないな、俺は留守番だよ」

邦夫が台所へ出て来た時、永子はたまりかねて、抑えた声で夫へ訴えた。

「どうして、鍵をかけて出かけてはいけないんですか。お母さまが保子さんのお見合についていらっしゃるなら……鍵をかけて綾子の運動会に行けばいいじゃありませんか」

「不用心だろう、こういう家は……パリのようなアパート住いなら、なんということもないが……」

「でも、あなた……」

感情が抑え切れず、永子は唇をふるわせた。

「綾子があんなにたのしみにしていたのに……」

「永子さん……」

強い声が背後でして、永子は驚いてふりむいた。

勝江がけわしい表情で立っている。

「綾子は少しわがままですよ。比呂子のところの百合なんか、パパが運動会に出られなくても文句一ついいませんでした……」

「あの……」

永子は姑に向き直った。

「それは、お姑《かあ》さま、違うと思います。もし、パパが仕事で運動会に出られないのなら、綾子も納得すると思います。でも……」

「保子のお見合は、くだらないことだというのですか」

「そんなことを申しているのではありません。どうして、パパが留守番をしなければならないのか……」

「あたしに留守番をしろというのね、保子を一人で見合に出せばいいというのだわね」

「よせよ」

邦夫が遮った。

「もういいじゃないか、綾子には俺から話すよ。話してわからない子じゃないんだ」

邦夫が妻を制して綾子の部屋へ出て行った。

「永子さんって思いやりのない人ね。義理でも、保子は妹ですよ。妹の見合だというのに、いやなことをいう人ね」

いい捨てて勝江は女らしくない激しさでドアを閉めた。

ドアの音が家中に響き渡るようである。

どちらが思いやりがないのかと、永子は涙をこぼした。

なにも、保子の見合と、綾子の運動会を比較するつもりはなかった。

どちらが大事かといわれれば、見合のほうかも知れなかった。

しかし、綾子にとって、小学校一年の最初の運動会である。小さな娘の世界では、それも、保子の見合に負けず劣らず、大切なことに違いない。そのことを、どうして、祖母である勝江が理解してくれないのか。

先週、百合の運動会に出かけて行く時には、

「パパが出られなくてかわいそうだから、せめて、あたしが応援に行ってやらなくてはね」

といった勝江なのである。

ひがむつもりはないが、自分の娘の産んだ孫の場合は、パパが運動会に出られなくてかわいそうなのに、嫁の産んだ綾子には、そんなことをのぞむのは我儘だといい切る勝江の気持が、永子には冷酷に思えてならない。

「綾子はお利口さんだな。よくわかってくれた。そのかわり、来年はきっとパパが行っ

てやるからな」

綾子の手をひいて、邦夫が台所へ出て来た。

流石に綾子はしょんぼりしている。

「さあ綾子、パパと公園に行って来よう」

もう日の暮れかけた外へ娘の手をひいて出て行く夫を、永子は暗い気持で見送った。

B

その朝はよく晴れた。

手ぎわよく弁当を作り、家族の朝食の仕度をしてから、永子は綾子を起した。

妻と娘にどこか後めたいのか、邦夫もパジャマの上にガウンを着て出て来て、なにかと綾子の世話を焼いている。

母親の競技に出ることを考えて、永子はスラックスに木綿のシャツを着た。

背がすらりとしていて、プロポーションがいいから、シャツのすそをスラックスの中へ入れて、細いベルトで締めると、若々しい装いになった。

季節柄、それに木綿のジャンパーを持つ。

「行っておいで。がんばるんだよ」

夫は玄関まで見送って手をふった。

勝江も保子も、まだ起きて来ない。

国電とバスを乗り継いで小学校へ着いたのは、予定よりも早かった。

綾子は教室へ着かえに走って行き、永子はまだ、まばらな観客席のどこへすわろうかと見渡した。

「小母ちゃま、あそこよ、パパがいるの」

いきなり手をつかまれてふりむくと、佐竹みちるであった。

もう、運動服にショートパンツで、よく陽に焼けた顔が笑っている。

連日、運動会の練習が続いて、子供達はみんな、健康そうな顔色になっていた。

みちるにひっぱられて行くと、西側の席に佐竹守明がすわっていた。

永子をみて、立ち上り、父親らしい挨拶をした。

「みちるの奴が、六時から起きてさわぐんですよ。はやばやと着いてしまって……」

よろしかったらと、隣の席をすすめられて、永子はそこへ腰をかけた。

「お昼になったら、綾子ちゃんとここへ来るから……」

みちるは安心したように手をふって走り去る。

「よく、お出かけになれましたのね」

ひょっとすると佐竹は乗務で、彼の姉が代りに来るのではないかと思っていた。

「友人にかわってもらったんです。なにしろ、はじめての運動会ですから……」

ご主人は、あとからですかと訊かれて、永子は少し、くちごもった。

「あいにく、妹の見合とぶつかってしまいまして……」

「それは残念ですね」

佐竹もそれについて多くは語らず、万国旗のはためいている校庭を見廻した。

「何十年ぶりです、運動会に出てくるなんていうのは……」

佐竹はスポーツシャツに運動靴をはいていた。

父親の競技に出るつもりらしい。

厚手木綿のベージュの上着に同系色のスラックスをはいている。

ワイシャツにネクタイを結んでやってくる父親が多い中で、そんな佐竹の恰好は若々しく、垢ぬけてみえた。

永子の周囲にも次々に父母達がやって来て、顔見知り同士、挨拶したりされたりが繰り返されている。

「やっぱり、両親そろってみえる人が多いですね」

佐竹が呟き、永子もうなずいた。

「日曜日ですし……近頃のお父様方は教育熱心ですものね」

永子の隣にすわっていた母親が佐竹の言葉に応じていった。

「子供にせがまれると、お父様方はよわいようですわ」

秋の陽が校庭にかっと照りつけて来て、やがて運動会らしい音楽がスピーカーから流れて来た。

一日は、子供達の喚声の中で終った。

佐竹は父親参加の競技の綱引きに出場し、永子は母親参加の大玉ころがしに出た。

「車を持って来ていますので、よろしかったら如何ですか」

帰りがけ、佐竹に誘われて、永子はためらったが、子供達はすっかり一緒に帰る気になってしまっている。

「お弁当まで頂いてしまって……」

佐竹は恐縮していた。

お昼の食事の時に、子供達は父兄の席へ来て、一緒に弁当を食べた。

みちるは、もっぱら永子がすすめるハンバーガーやチキンのフライをせっせと食べ、父親の弁当にはみむきもしない。

「どうも、鮨屋で作ってもらった弁当では駄目でした」

その佐竹も、永子が持って来た栗御飯のおむすびや煮しめをよく食べた。

「余分に作って参りましたの。もしかすると、みちるちゃん、お父様がいらっしゃれないかも知れないと思ったものですから……」

母のない子への、永子のひそかな配慮であった。

「あの、この先、もし遠足などで、お父さまが付き添いにお出でになれない時は、どうぞ、そうおっしゃって下さいまし。お弁当も、こんなのでよろしければ、みちるちゃんの分も作って参りますわ」

どっちみち、綾子の付き添いについて行くのなら、みちるの面倒をみるのも、たいしたことはないからと永子はいった。

「よんどころない時にはお願いします。そうおっしゃって下さると……本当に助かります」

いつもいつも、乗務をかわってもらうわけには行かないかも知れないと佐竹はいった。

「姉が面倒をみてくれるのですが、子供を持ったことがないので、案外、子供の気持がわかりません」

「パパ……」

永子の脇から、みちるがいった。

「遠足の時、パパお仕事なら、みちる、小母ちゃまにお弁当作って頂くわ。綾子ちゃんと小母ちゃまが一緒なら、パパが来られなくても平気よ」

「あきれた奴だな」

佐竹が苦笑し、運転しながら頭を下げた。

「どうも、親子ともども、厚かましくてすみません」

三軒茶屋の通りまで送ってもらって、永子は佐竹父娘に別れを告げた。

子供同士はおたがいがみえなくなるまで手をふっている。

夕暮の気配の中を、マーケットで夕食の買い物をして戻ってくると、家の前に邦夫が立っていた。

「もう帰るかと思って出てみたんだ」

どうだったと父親に抱き上げられて、綾子は得意そうにいった。

「綾子は三番だったけど、みちるちゃんは一等だったわよ」

「みちるちゃん」

「みちるちゃんのパパもすごく強いの。綱引き、みちるちゃんのパパの組が二度とも勝ったんだもん」

「佐竹さんですのよ」

永子が家へ入りながら説明した。

「ほら、パーサーの佐竹さん……京都でもお逢いしたでしょう」

佐竹のことは、勿論、邦夫も知っていた。

「綾子の親友だな」

「仲よくして頂いて……助かりましたわ。なんといっても転校生ですし……」

車で送ってもらったとも告げた。

「佐竹さんのところは夫婦そろってみえたのか」

「いいえ、あちらは……」

綾子の手前、言葉を探している中に、夫が気づいた。

「そうか……別居中だっていったな」

「あなた……」

夫を制して、永子はそのままエプロンをつけた。

手早く、台所仕事にとりかかる。

「みんなお父様もお母様も来てたわよ。ママだけだったのは綾子、パパだけだったのはみちるちゃん……」

大声で綾子が父親に訴えている。

「そんなに、みんな、お父さんが来ていたのか」

邦夫が頭をかいた。

「綾子には、かわいそうなことをしたな」

「でも、みちるちゃんもパパだけでしたから」

みちるの気持を考えると、綾子が母親だけでよかったような気もする。

仲よしの綾子が両親に囲まれて運動会をすごしたら、みちるはショックを受けたかも知れない。

「お見合のほう、どうでしょうね」

テーブルを拭きながら、永子は話題を変えた。

「どうかな」

水割を作りながら、邦夫はあまり気のない返事をした。

「いい方だとよろしいですけどね」

見合は昼食を一緒にしてということだとばかり永子は思っていたが、よくよく訊いてみると夕食だという。

「美容院へ行くといっておひる頃に出かけて行ったよ。そうとわかっていれば、せめて午前中だけでも運動会に行けたのに……」

流石に邦夫は少しばかり腹を立てていた。

「母さんも比呂子も、肝腎なことを、はっきりいわないくせがあって困るんだ……」

永子は黙っていたが、それが姑達のやり方だと気がついていた。

夫は、気がきかなくて肝腎なことをいい忘れたように解釈しているが、永子からみれば、どうしても意地悪としか思いようがない。自分勝手で、思いやりのないやり方であった。

ほんの少しでも、綾子の気持を考えてくれたら、正午に出かけて行くことを、邦夫にも永子にもいわない法はなかった。

「あたし達はおひるすぎに美容院へ行くのよ。それまで運動会をのぞいて来たら……」

せめて、それくらいのことが、どうして姑の口から出ないものか、永子は情ないよりも口惜しかった。

九時をすぎて、勝江と保子は帰って来た。

銀座のレストランで食事をして、別れたという。

「行一さんだけが残ってね。比呂子はまっすぐマンションへ帰ったわ」

疲れた疲れたといいながら、勝江はさかんに相手の男を賞めた。

「写真よりずっといいわよ。行一さんが勧《すす》めるだけあって背は高いし男前だし、まあきびきびしていて、たのもしいような人だわ」

月給がいくらで、ボーナスがどのくらいでと、勝江がたて板に水を流すようにいい、邦夫が眉をひそめた。

「そんなことまで訊いたのか」

「大事なことですよ、いいじゃないの。あんたよりも高給とってるんだから……」

保子は着くずれした訪問着のまま、べったりすわっていた。

化粧がひどく濃く、眼にアクセントをつけすぎているせいか、いつもより表情がきつくなって、どことなく品が悪くみえた。

派手なピンクのきものも、保子をかえって老けてみせる。

「保子、お前、どうなんだ。気に入ったのか」

邦夫にきかれて、保子は曖昧に笑った。

「まあね。よくわからないけど……」

「わからないことはないだろう。お前だって十九や二十の小娘じゃないんだ」

「一回逢ったきりじゃわかりませんよ」

勝江が娘を弁護した。

「女は一生のことだから、よく考えなけりゃあね」

「まあゆっくり考えるわ」

横柄に保子が答えた。

「むこうさんが、どう思ったかだな」

邦夫がいった。

「むこうさんは気に入ったようですよ」

「どうしてわかった……」

「だって、とても機嫌がよかったもの」

「テレビの営業マンだよ。気に入らなくたって、それくらいの社交は心得ているさ」

「あんた、どうして、いやなことばかりいうのよ」

ヒステリックに勝江が叫んだ。

「保子の縁談がまとまらないほうがいいというんですか」

「そうじゃないがね。あんまり母さんも保子も楽天的だからだよ」

邦夫は笑って、寝室へ引きあげた。

翌日、永子は姑と保子の着物の手入れで汗をかいた。

二人とも着物をぬぎ捨てたままであった。

畳もうとしてみると、衿は汚れているし、保子の着物は胸もとに食べこぼしのしみがついている。

姑にそれをいうと、

「永子さん、なんとか手入れをしてやって下さいな」

疲れたからといって、二人とも二階から下りても来ない。

ベンジンを使って、永子は苦労して衿を拭き、しみをぬいた。

永子に着物の手入れを教えてくれたのは、京都の祖母であった。着物を着て出たら、必ず衿と袖口を拭いて衣紋かけにかけて風を通し、それからアイロンで皺になった部分をのばしてたたむのだということを、祖母はまだ十二、三の少女だった永子に教えた。

「自分で手入れも出来んような女子に、きものは着れんもんや。ほんまのおしゃれは手入れが出来てからや」

大切に、美しくきものを着る心を、祖母は長い時間をかけて、永子に躾けてくれた。そのことを有難いと思い、姑と小姑のきものを始末しながら、永子は京都の祖母を思い出していた。

保子の見合が不調に終ったとわかったのは十日ばかり後であった。

結婚を前提として、もう少しつき合いたいと申し入れたのに対して、先方から、どうも性格的に合わないような気がするからと断って来たものである。

「つまり、箱入り娘すぎて、自分にはもったいないと彼はいうんですよ、仕事がいそがしいし、やっぱり当分、結婚はしないんじゃありませんかね」

行一が頭をかきながらいったが、勝江はひどく憤慨した。

「最初から結婚する気がないなら、どうしてお見合なんかしたんですよ。失礼じゃありませんか。保子は洋裁学校の教師までしているしっかり者ですよ。どこが気に入らないのかしら……」

姑の攻撃に閉口して、行一は台所へ水を飲みに来た。

「義姉《ねえ》さん、助けて下さいよ。先方は写真をみた時から気が乗らなかったんですよ。それをなんとか見合まで漕ぎつけたのに……」

保子は保子で、急に口汚く相手をののしった。

「あんな男、あたし、最初から好きじゃなかったわ」

その夜は、とうとう食事にも下りて来ない。

木村家の中は嵐が吹き荒れているようであった。

冬の章

A

京都から永子の兄の辻村重治が上京して来たのは、七五三の少し前で、商売の用事でもあったが、祖母の信子が注文した綾子の七五三の衣裳を届けるのが、主な目的のようであった。

永子の好きな味噌松風という京都の銘菓や、丹波栗だの、漬物だの、両手に余るほどの土産を抱えて訪ねて来た兄を、永子はいくらか姑に遠慮しながら居間へ通し、茶の仕度をした。

永子にとって、なにより心配だった祖母の信子もこのところ、すっかり元気になって、正月には、なんとか永子に綾子を連れて遊びに来てもらいたいと、楽しみにしているという。

姑の勝江は、それでも二階から下りて来て重治に挨拶をした。

「京都に、いい人がいませんかね」

無沙汰の挨拶もそこそこに、いきなり話が飛躍して、重治が少し、驚いた顔をした。

「保子の縁談の相手になるような人が居たら、紹介して下さいよ。なにしろ当人がひっこみ思案で困っています。私も甲府でなら、少しはつきあいもありましたが、東京では知人もないし、近所に世話をして下さるお方もないものでしてね」

手廻しよく、保子の写真と履歴書を用意して来ている。

重治は誠実に勝江の頼みをきいているようであった。履歴書にも丁寧に眼を通す。

「保子さんは、どのような職業の人がよろしいですかなあ」

「職業はなんでもかまいません。人間がまともで、ちゃんとした人なら……あの子の身分相応の縁談をみつけてやりたいと思いましてね」

勝江の言葉は神妙であった。

「お気に召すようなお話があればよろしいが、帰って、祖母にも相談してみましょう」

穏やかに重治が返事をしたあとも、勝江はくどくどと、保子の話を続けていて、二階へ戻ろうとはしない。

洋裁の腕がよくて、洋裁学校を卒業後も、教師として母校に留まることを勧められたのが、結局、世間を狭くしてしまったと学校を怨むような口ぶりであった。

「洋裁学校は女ばかりの世界でしょう。男の人がいても、洋裁やるような男は、結婚相手にはむきませんよ。他の会社にでもおつとめしていれば、男の人とのつき合いもあったでしょうけど……」

洋裁をやる男は男の中に入らないような一方的な論理で喋りまくる勝江を、重治は逆わずにうなずきながらきいている。

やがて、腰を上げた。

「三時に、商売のことで人に会う約束がありますので……」

勝江は、玄関まで永子と共に重治を見送って、最後まで保子の縁談を頼んでいる。

重治は一応、承知して、勝江へいった。

「お正月には、年よりがたのしみにして居りますので、永子と綾子を京都へやって頂きとうございます。何分、よろしくお願い申します」

体にだけは気ィつけや、とそれだけ京言葉で妹にいい、重治は路地を出て行った。

折角、訪ねてくれた兄と、ろくに話も出来なかったことが、永子には寂しかった。姑は、兄妹二人きりの、水いらずのお喋りのために時を与える思いやりがないようである。二人だけにしておいたら、永子が姑や小姑の愚痴でも兄に訴えると思ってでもいたのだろうか。

そんなふうに考えて、永子は自分に首を振った。知らず知らずの中に、姑に悪い感情ばかりを持ち出している自分を、自分でたしなめた。

勝江の心の中には、今、保子の結婚のこと以外になにもないのかも知れなかった。縁談が不調に終ってから、保子は機嫌が悪く、夜も遅く帰ってくる。時には酒の匂いのすることもあって、永子をぎょっとさせたのも一度や二度ではなかった。

そんな保子をみていれば、勝江が縁談をあせる気もわからないではない。

「ちょっとみてごらん。京都から綾子の七五三の着物が届いたんだよ」

台所で働いていた永子は、勝江の声にびっくりした。

手を拭いて、茶の間へ行ってみると、いつの間にか比呂子が来ていて、勝江が風呂敷包を開き、たとうから綾子の着物を出してひろげている。

重治が京都から持って来たそれを、先刻、永子があけて姑にみせ、又、丁寧にたたんでしまったのを、姑は無造作にひろげて、比呂子にみせ、比呂子は、娘の百合とソフトクリームを食べながら眺めている。

ソフトクリームが着物の上に垂れるのではないかと、はらはらしながら、永子はみていた。百合が汚い手で着物に触れるのを、母親も祖母もたしなめようともしない。

「お姉さんの実家は金持だからいいわね」

比呂子がいい、永子は慌てて、着物を受け取った。

「百合にも、こんなのを作ってやりたいけど、おばあちゃんはお金がないから、なにもしてやれないね」

勝江がいい、百合が鼻を鳴らした。

「百合も着物欲しいわ」

「パパが洋服でいいっていってたわよ」

比呂子は乱暴にいい、勝江のいれたお茶を飲んだ。

「おばあちゃんはね、お金を全部この家に費っちまったのよ。だから、百合に七五三の着物を買ってやることも出来なくなったのよ」

愚痴っぽく、勝江は繰り返した。

百合はめそめそ泣き出している。

居たたまれない気持で、永子は着物をしまい、自分達の寝室へ片づけた。

京都から、綾子の七五三の衣裳が届いたことは、その夜になって、再び、家族の話題になった。

「綾子は幸せですよ、京都の実家から、ちゃんと届くものが届くのだから……」

勝江はそんな言い方で、息子を攻撃した。

「本当なら、七五三の祝いというのは、嫁の実家からするものですからね」

邦夫が笑った。

「京都の家は旧家ですからね」

「あたしの甲府の家だって、れっきとした旧家ですからね」

「それじゃ、母さんも百合のために、買ってやったらいいじゃないですか」

「してやりたくともお金がないんですよ。みんな、この家にかけてしまったから……」

茶の間の空気がしらけた。

「あなた……」

思いあぐねて、二人っきりになった時、永子は夫にいった。

「百合ちゃんに、やはり、お仕度をしてあげたほうがいいんじゃありませんか」

「俺が金を出すのか」

「お母さんに渡してあげて、お母さんから百合ちゃんへということにして……」

「着物一式となると、大変な金だろう」

「十万円、なんとかします」

それがせい一杯であった。貯金通帳に余裕は殆どなくなっている。

「そんな必要ないと思うがな」

「でも……」

これから七五三までの日々、勝江のいやみをきかされるのはやりきれなかった。

折角の綾子の祝いが、家庭のトラブルになるのでは、綾子のためにもならないし、京都の祖母の丹精にまで、けちをつけられるような気がする。

「お金ですむことなら……」

正直の話、永子はそう考えていた。

十万円はつらいが、それで家庭の平和が買えるなら、止むを得ないと思う。

翌日、永子は十万円を郵便局から下し、祝儀袋に入れた。

夕方、帰宅した邦夫が、それを勝江に渡した。

「母さんから、百合に七五三の仕度をしてやれよ」

「十万円ぽっちで間に合うかしら」

勝江は金額を眺めて呟いた。

「とても、京都から届いたような仕度は出来ませんよ」

「それが、僕らのせい一杯だよ、あとは母さんの才覚でしてやったらいいだろう。母さんにだって貯金がないわけじゃなし……」

流石に邦夫は声を荒くした。

「あんたが思ってるほど、持ってませんよ」

狼狽《ろうばい》して勝江がいい、そんな勝江をみて、永子は驚いた。

勝江が金をすべて家にかけてしまったといえば、永子は正直にそうだと思い込んでいたが、夫の言葉から察すると、姑は自分名義のものを、まだ、なにがしか持っているようであった。

それを、夫も永子には話したことがない。

姑がいくら金を持っていようと、永子には関係のないことかも知れなかった。だが、二言目には十円の金もないという勝江に、永子は決して楽ではない家計の中から、毎月、一万円ずつ、こづかいにと渡して来ている。

お金のことで、くよくよするまいと思いながら、永子はやはりショックを受けていた。自分だけがあくせくするだけで、勝江も、比呂子も保子も、そんな永子の思いやりに感謝のかけらもみせない。

十万円の金を、勝江は礼もいわずに、二階へ持って行った。

B

七五三は十一月十五日だったが、その前日が日曜のため、一日早く十四日に神社へ参詣に行く予定にしたところが多かった。

土曜日に佐竹守明のところから電話があった。最初、電話口に出ていたのはみちるらしく、たまたま、こっちも受話器をとったのが綾子だったので、子供同士、暫くお喋りをしてから、綾子が、

「ママ、みちるちゃんのパパが、ママにおききしたいことがあるんですって」

と呼びに来た。

「どうも、お呼びたてして申しわけありません」

今、電話で話してもかまわないかと、佐竹は遠慮そうに訊いた。

「どうぞ、なんでしょうか」

永子にうながされて、佐竹は京都からみちるの七五三の着物が届いたと説明した。

「帯が、その、つくりつけというんでしょうか、結んであるのではなくて、長いままなんです。美容院で着つけとか、帯を結んでもらうとか、しなければならないと思うんですが、適当な美容院を知らないもので……」

父親の困惑ぶりが、受話器の中から手にとるようにわかって、永子は同情した。

「私も、美容院に心当りはありませんが、もし、私でよろしかったら、帯を結びますけ

れど……揚げ羽の蝶とか、変り文庫でよろしかったら……」

パリから帰って来て、永子は美容院へ行ったことがなかった。

パリに居た時も、長い髪にはパーマをかけず、自分で器用にまとめて、永子らしい髪形を作っていた。

日本へ帰って来てからも、そのままであった。

「お願いしてもよろしいでしょうか」

「どうぞ、お役に立てば嬉しいですわ。どっちみち、綾子にも着せますので……」

「何時頃、お邪魔したらいいでしょうか」

「佐竹さんの御予定は……」

「別に……午後からみちるを連れて、姉夫婦と明治神宮へお参りに行こうと思っている程度で……」

「私どもも、そうですわ」

早めに午食をすませて、佐竹はみちるを連れてくるという。

「お待ちして居ります」

傍できいていた綾子が喜んだ。

仲よしの友人が、日曜日に我が家へ来るというだけで、この年頃の子供は楽しくてたまらないらしい。

佐竹の娘に着物を着せてあげるという約束を夕食の時、永子は夫に話した。

「母親がいないと大変だな」

邦夫は佐竹の立場を思いやったようであった。

その夕食の席に、保子はまだ帰って来ていなかった。

「保子、このところ、帰りが遅いですね」

食後に、邦夫が母親にいっているのが、台所で後片付けをしている永子の耳にきこえた。

「お友達とつき合いもあるでしょうよ、あの子だって……」

「それにしても、結婚前の娘が十二時、一時というのは感心しませんね。それも、このところ、たて続けじゃありませんか」

勝江が黙り、邦夫が続けた。

「そりゃ、六本木、原宿あたりには夜明けまでやっている店もあって、若い連中がとぐろを巻いているのは知っていますが、保子は、どうも、そういうところへ行ってるようでもありませんしね。お母さんから注意したほうがよくはないかな」

「あたしのいうことなんか、きくものですか」

勝江がヒステリックに答えた。

「こないだの見合に失敗してから、あの子、なんだか変ったみたいでね。比呂子も、そっとしておいたほうがいいっていってるし……」

「見合に失敗して、やけ酒飲んだって仕方がないだろう」

「保子の気持にもなってみないとね」

その勝江は、いつも十時になると、風呂に入って寝てしまう。娘が何時に帰って来ようと、高鼾《いびき》で、朝にならなければ目ざめる気配もない。

「のんきな母親だな」

邦夫は苦笑しながら、布団に入って本を読んでいた。

永子は、この間から始めた残り布を利用しての縫いぐるみ作りを続けている。

綾子の小学校でクリスマスのバザーに、なにか手作りの品を出して欲しいと母の会でいわれて、永子は小さな縫いぐるみ作りに、はげんでいた。型紙はパリに居た時、手に入れたもので、兎や熊や犬、猫、鹿、キリン、象など、およそ二十種類もの動物が作れるようになっている。

残り布や残り毛糸を配色よく組み合せながら、永子は一つ一つ、たのしみながら作っていた。保子の帰宅を待ちながらの夜なべには、ちょうどいいと思っている。

「もう、寝ないか」

邦夫が声をかけて来たのは、一時少し前であった。

「保子、鍵を持って出ているんだろう」

玄関のドアはチェーンをはずしておけば、外からも鍵であけられるようになっている。保子は鍵を持って出ている筈であった。

「土曜日だぞ……」

邦夫がささやき、永子は少し赤くなった。

日本へ帰って来てから、夫婦の夜を持つことが、パリにくらべて極端に少なくなっていた。

帰国当座はどちらも新しい環境になじむのにエネルギーを使ったし、或る程度、落ちついた今でも、二階に姑と小姑のいる木造建築の家屋では、個室の完備したパリのアパートと違って、永子の情緒が安定しなかった。

夫の求めには応じているが、どこか、ぎごちなく、完全燃焼しない部分があった。

これではいけないと思いながら、保子の帰宅が遅く、そのあげく深夜でも平気で湯の音をたてて、のんびりいつまでも、風呂へ入っていたりされると、どうしても永子は醒めてしまった。

保子が二階へ行って寝静まるのを待っていると、夜中の二時、三時になって、邦夫も永子も疲れが出て、つい、眠ってしまうことになる。

そんなことで、夫婦の夜は間遠くなり、邦夫が時々、苛々しているのにも、永子は気づいていた。永子にしても、燃え切れないものが、体のどこかにあって、パリ時代のように充たされないもどかしさがある。

「でも、もう帰ってみえると思うのよ」

夫婦が夜具に入って、夫婦だけの世界を作り上げようとする頃に、玄関の戸が乱暴に開き、保子が帰って来て、二階と下を盛んに往復したあげく、夫婦の寝室に近い台所や風呂場で思う存分、動き廻られては、永子の神経がとても夫を受け入れられなくなってしまうのだ。

「いい加減にしてもらいたいな」

帰って来ない妹へ邦夫は腹を立てた。

それでも三十分ばかり、邦夫は妻の傍で、ブランディを飲み、時間を潰した。

二時をすぎても、保子は帰らなかった。

「おい、もう寝よう」

邦夫はやや、乱暴に永子をうながし、さっさと戸じまりを調べ、居間の電気を消した。

仕方なく、永子は寝室へ入った。

夫の隣へ横たわりながら、耳はやはり、今か今かと、保子の帰宅を意識している。

それでも、夫の手が永子に触れ、永子の敏感な部分を探り当てて行くにつれ、永子も我を忘れて行った。

「永子は声をたてなくなったな」

夫に耳許でささやかれて、夢うつつの中にいた永子は、はっとした。

そういわれてみると、二階を気にするせいか、意識しない中に、永子は唇を結び、自分の歓喜を声に出すまいとしていたようであった。

それが、邦夫には物足りないのかと思い、永子は途方に暮れた。

「あまり神経質になるなよ」

邦夫はそんなささやきを残して、妻から離れた。いつもなら、夫に抱かれたあと、快い眠りに落ちる筈なのに、永子は寝そびれてしまった。

夫婦の愛の営みに、漠然とした不安が湧いた。永子が充たされないのと同様に、夫も妻に満足しなくなっているのではないかと思う。

その夜、保子はとうとう帰って来なかった。

C

保子が帰宅しなかったのに気づいたのは、翌朝になってからであった。一番に起きた永子が、玄関をみると、チェーンもはずした儘であったし、沓脱《くつぬ》ぎに保子の靴がなかった。

永子から、それをさいて、邦夫が二階へ上って行き、保子の部屋をのぞいて、帰宅していないのを確認した。

息子に起されて、勝江は寝ぼけまなこで階下へ出て来た。

「保子、帰っていないんだって……」

交通事故ではあるまいと思われた。

保子は定期券を持っているし、その中には身分証明書も入っている筈であった。ハンドバッグにはいつも名刺を持っているし、なにかあった場合、身許がわからなくて家族に連絡がとれないということは、まず考えられなかった。

「お友達のところにでも泊ったんじゃないかねえ」

母親は、まだのんびりしていた。

「そういう友達の心当りがありますか、保子とごく親しくしている……」

「一人ぐらい、いるんじゃないの」

「名前や住所、きいていないのか」

「あの子、そういう話はしないから……」

そんな中へ保子はふらりと帰宅した。

顔色は蒼いが、心配して出迎えた母や兄に対して落ちつき払っていった。

「友達が悪酔いして、送って行ったのよ。苦しがって吐いたりするものだから、結局、夜明けまで看病してしまってね」

けろりとした喋り方である。

「それにしたって、電話ぐらいかけられるだろう」

「アパートに電話がなかったのよ」

面倒くさそうにあくびをした。

「疲れたわ、寝かして……」

どすどすと階段を上って行く保子の足許を、なんの気なしに眺めていて、永子はちょっと変に思った。

保子のストッキングが裏がえしであった。爪先の縫い合せた部分が外側になっている。昨日の朝、保子が出かける時に、永子は玄関まで送っていた。靴をはく保子のストッキングは、別に裏返しだったような記憶はない。友達のアパートで、保子はストッキングをぬいで、又、はき直したのであろうか。だが、そのことを永子は口に出さなかった。

朝食のあとで、永子は鱈子や鰹節や胡瓜を芯にして海苔巻をいくつも作った。買っておいたフランスパンで、サンドウィッチも出来上る。

正午前に、佐竹がみちるを連れてやって来た。

邦夫や永子に挨拶をし、風呂敷包をひらく。七五三の衣裳一式が入っていた。佐竹にお茶を勧めておいて、二人の子供に、まず足袋からはかせ、永子は手際よく、着つけをはじめた。

足袋も肌襦袢も揃えてあったが、やはり永子が考えたように、紐類を持ってきていない。

そうではないかと思って、永子はあらかじめ、メリンスの紐を余分に出しておいた。結婚の時、祖母が何本も真新しいのを持たせてくれたのが、そのまま、殆ど手つかずでしまってあった。

着物をひろげてみると、みちるのは、腰あげがしてなかった。つけ紐もついていない。この年頃の子供に紐でおはしょりをするのは無理であった。

苦しがるし、第一、トイレットへ一度行けば、着くずれがしてしまう。

洋服に足袋だけはいた恰好の二人の子に、永子は用意した海苔巻やサンドウィッチを食べさせた。

飲み物は、綾子が心得て、みちるの好みをきいて、オレンジジュースや牛乳を出してくる。

「食事をさせて来たんですがねえ」

と佐竹が当惑するほど、みちるも綾子と一緒によく食べる。

その間に、永子はみちるの着物の腰あげをし、メリンスの紐を二本、着物に縫いつけてしまった。

それから、二人の子にトイレットをすまさせて、てきぱきと着物を着せる。

腰あげがしてあって、つけ紐がついていると、それだけで着物はらくに安定してしまうから、帯をきつく結ぶ必要もない。

揚げ羽の蝶という結び方は、永子が娘時代に祖母が教えてくれたものであった。

出来上りが華やかな割合に、すっきりしていて、重くもない。

佐竹も邦夫も小さな娘が花嫁人形のように仕上るのを、眼を細めて眺めていた。

着つけが出来上ると、二人の子を庭へ立たせて、二人の父親がせっせと写真をとる。

平和な風景であった。

その頃になって、勝江が二階から下りて来て、佐竹に挨拶をした。

「奥さん、歿《なくな》ったんですか」

不用意に佐竹に訊き、永子をどきりとさせたが、佐竹は苦笑して、

「いや、目下別居中でして……」

さらりと答えた。

みちるのほうは、綾子とお喋りに余念もない。

やがて、佐竹は何度も礼をいい、みちるを連れて帰って行った。

「恰好いい人じゃないか」

勝江は、そんな表現で佐竹を評した。

「別居って……なにが理由なのかね」

「知りませんわ、そんなことは……」

「奥さんの他に好きな女でも出来たのかね」

勝江の好奇心は、その辺にあるらしい。

一時頃に来ると電話して来た比呂子一家がやって来たのは、三時すぎであった。

「美容院が混んでて……」

比呂子は和服であった。

濃い紫の地に、菊の柄であった。美容院で着つけをしてもらったというのに、どこか安定のない着方をしている。

百合は着物が窮屈だといって、半べそをかいていた。

どうしても脱ぐといってきかず、写真もとらせない。

結局、父親の行一がマンションへ百合の服をとりに帰り、その間に、百合は美容院で着せてもらった晴れ着を脱いでしまった。

やはり、腰あげもつけ紐もついて居らず、大人に着つけるように、紐や伊達巻を何本も使って、縛りつけてあったものだ。

腰あげをして、らくに着せてあげるからと永子がいっても、もはや着物にこりごりした娘は、首を縦にふらない。

その中に、服が届いて、着かえて神社へ出かけることになった。

百合の服は、最初、それで七五三を祝うつもりで買ったというだけあって、なかなか豪華なものなのに、百合はすっかりむくれてしまって、記念写真にもそっぽをむくし、神社の拝殿へ上ってお祓《はら》いを受けるのもいやがった。

比呂子が強引に上らせようとすると、いい年をしてわあわあ泣いてしまう。

「百合がいやがるから、あんた達もお祓いはよしたら……」

勝江が変なことをいいだしたが、邦夫はさっさと綾子の手をひいて拝殿へ上り、永子にも来るようにという。

永子は夫に従った。これ以上、比呂子たち一家にふりまわされまいと考えていた。

神職のお祓いを受けて、拝殿から下りてくると、勝江も比呂子夫婦も百合もいなくなっていた。

「先に帰ったんだろう」

邦夫は笑って、親子三人で帰宅したが、保子がぼんやり留守番をしていただけで、勝江たちは帰っていない。

綾子に着かえさせる前に、永子は気がついて、京都へ電話をした。

電話口には、祖母の信子が出た。

「おかげさまで、とってもいい七五三を迎えることが出来ましたの、おばあさまにおみせしたいと思って……」

テレビ電話が一般化していないのが、残念な気分であった。

綾子も電話口に出た。

「おばあちゃん、ありがとう、綾子とってもきれいよ」

自分できれいだと自慢する綾子の言葉に、祖母は電話口で嬉し泣きをしているらしい。

勝江は、夜九時をすぎて帰って来た。

赤坂のホテルで中華料理を食べてきたという。

「百合がかわいそうでしたよ。着物なんぞ着せるんじゃなかったわ」

当人が着物を着たいといい、自分が着せたがったことを、けろりと忘れたような言葉であった。

十万円という金を、誰が工面したかも、知らぬ顔である。

嫁と姑とは、所詮、こういうものなのかと永子は考え込んでしまった。

誠意を尽せば、誠意が返ってくると考えたのは、甘すぎたように思う。

D

綾子の小学校のクリスマスバザーは十二月の第一土曜に催された。

会場には雨天体操場と音楽室と図工室があてられていて、かなりの品物が並べられた。

売り手は、当番の母親達で、買い手は父母である。

どちらも顔見知りの仲で、そここに冗談がとびかい、なごやかな風景であった。

綾子と並んで図工室へ入ろうとして、永子はそこに立っている佐竹をみかけた。

親同士が挨拶する前に、みちるが大事件を告げるような口ぶりで綾子にいった。

「小母ちゃまの縫いぐるみ、もう全部、売れちゃったのよ」

どうやら、みちるは永子のつくった縫いぐるみを買ってもらうのを楽しみにしていたらしい。

「パパの来るのが遅いから……」

娘の抗議に笑いかけた佐竹の表情が、ふとこわばった。

何げなく、佐竹の視線の先をみて、永子ははっとした。

女性が立っていた。

モヘヤのワンピースにコートを抱えている。女の視線がゆっくり永子へと向けられた。

寒椿

A

みちるの小さな声が、奇妙な沈黙を破った。

「ママ……」

女がゆっくり、我が子へ視線を戻した。

「みちる、ママ、来てあげたのよ」

近づいて来ない、娘へ手招きした。

「いらっしゃい。欲しいものを買ってあげるわ」

みちるが佐竹を見上げた。

父と母の間で途方に暮れたような悲しい表情である。

「君……」

佐竹が近づいて低くいった。

「どういうつもりで……」

「別に、みちるのバザーでしょう、私が来ておかしいことはありませんわ」

女が再び、永子をみた。

「はじめまして、私、みちるの母ですの」

永子は静かに頭を下げた。

「失礼致しました。木村綾子の母でございます。いつも、お世話になって居りまして……」

お先にと、軽く会釈をして永子はバザーの会場のほうへ歩き出した。

夫婦の気まずい対話の傍から遠慮するつもりである。

「みちる、綾子ちゃんと行くわ」

突然、みちるが走り出して来た。

「小母ちゃま、いいでしょう、みちる、一緒でも……」

永子が返事をする前に、綾子がみちるの手を摑《つか》んだ。

「行きましょう、みちるちゃん」

二人の子は、鳥が飛び立つように会場へ向っている。

永子は、ちらと佐竹夫婦をふりむいたが、そのまま、二人の子供の後を追った。

子供の智恵と友情を、永子は感じとっていた。

両親の反目を素早く感じて、友人のところへ逃げ出したみちると、そんなみちるの気持を即座に受けとめて、行動に移した綾子と、大人も及ばない判断だと思う。

「ママ、みちるちゃんとおそろいで、あれを買って……」

会場で品定めをして、二人で相談したらしい綾子が、小さな財布を指した。皮の細工が可愛らしい。

永子は、うなずいて、すぐ、それを二つ買って綾子とみちるに与えた。

「小母ちゃま、ありがとう」

「ママ、ありがとう」

二人の子がこもごもに礼をいい、又、先に立って別の会場に入って行く。

一巡して、永子は咽喉《のど》が乾いたという子供達のために、運動場のすみの俄《にわ》か作りの喫茶店へ連れて行った。

六年生の母親のサービスで、ジュースやコーラ、紅茶などの販売をしている。

日だまりの椅子に腰を下して、子供達はジュースを、永子は紅茶を飲んだ。

みちるも綾子も、少しもじっとして居らず、ジュースを飲み終ると、もう鉄棒にとびついている。

「みちるちゃんのお母様がおみえになっていたの、ご存じ……」

ふと、背後で母親同士の話し声がして、永子はぎくりとした。

「あちら、離婚なさったんじゃありませんの」

「いいえ、まだ、別居中ですって……」

「奥様に好きな人が出来たんですってね」

永子はそっと立った。

「綾子、帰りましょう」

鉄棒へ寄って声をかけた。

母親たちの無神経な会話を出来ることなら、みちるにきかせたくなかった。

二人の子は素直に、鉄棒をはなれたが、

「あっ、みちるちゃんのパパよ」

綾子が呼び、みちるが手をあげた。

「ここよ、パパ……」

佐竹は、どこに居ても目立つ長身をこごめるようにして走って来た。

「申しわけありません。ご迷惑をおかけしまして……」

永子へ、眼を合さずに頭を下げた。

「小母ちゃまに買って頂いたの」

みちるが財布をみせる。

「そりゃよかった……おいくらですか」

「いいえ、とんでもない、安いものなんです……私が二人のおねだりをきいたんですから……」

「ありがとうございます。どうも、いつも……」

別に、いくらか苦しげな感じで、みちるにいった。

「ママが待っている。行くか」

みちるはひるんだような眼をしたが、

「パパも一緒……」

と訊く。

「ああ、一緒だよ」

「だったら、いってもいい」

「そうか」

佐竹が、もう一度、頭を下げた。

「それじゃ、失礼します」

不安そうなみちるの手をひいて校門のほうへ行く佐竹を、その附近にいた母親たちが、無遠慮に見送っている。

永子は佐竹が気の毒になった。佐竹よりも、みちるがもう一つ不愍《ふびん》な気がする。両親の不和が子供心に及ぼす影響の大きさを、永子はみちるの態度で痛いほど感じていた。

「ママ……」

帰り道、バスの中で、綾子がそっといった。

「みちるちゃんのパパとママ、喧嘩をしているの」

考えあぐねたような子供の言葉であった。

「そうかも知れないけれど……いろいろ、わけがおありなのかも知れないわ。人様のお家のことは、なんともいえないでしょう」

綾子は頭をかしげるようにして母親を眺めた。

「でも、早くよくなるといいのに……」

「そうね、でも、みちるちゃんに、そういうお話をしては駄目よ。みちるちゃんも心配していることだし、誰でも自分のつらいことは人からなにかいわれたくないものじゃないかしら」

「綾子もそう思うわ、だから、いわない……」

大人ぶった口調でいい、綾子はしきりにみちるちゃんがかわいそうを繰り返した。

その夜に、夫婦だけの部屋で、永子は夫に佐竹の話をした。

「子供にとって、両親の不仲って、どんなに悲しいことか、よくわかりましたわ」

父親と母親が、ごく僅かなことで口争いをしてさえ、子供はいやがるものである。

「佐竹さんのところは、なにが原因なんだ」

夫婦が別居した理由を、邦夫は知りたがった。

「さあ、そんなこと、うかがったこともありませんし……」

母親たちの噂話を、永子は思い出したが、それは口にしなかった。

「まあ、子供があったら、夫婦別れはするものじゃないな」

邦夫は単純な結論を出して、その話を打ち切った。

バザーのあった翌週が母の会であった。

永子が少し早めに、校門を入ると、待っていたように、この小学校の教師でもあり、永子の学生時代の友人でもある本条恵美子が教員室から出て来た。

「早かったわね、ちょうどよかった……」

永子をみて、学牛時代の頃のままの表情で笑った。

綾子になにかあったのかと、一瞬、永子は心配になったが、本条恵美子の用件はそうではなかった。

「こちら、六年生の今西和子さんのお母さまで今西葉子さん……あなたを御紹介して下さいとおっしゃってね」

本条恵美子の背後にグレイのツウピースをすっきりと着こなした四十二、三の女性が立っていて、にこやかに永子へ挨拶した。

「突然でごめんなさい。母の会が終ってからでよろしいんですけれど、十分か十五分お時間を頂けますかしら」

永子は戸惑った。

「それはかまいませんが……」

「実は、この前のバザーであなたがお作りになった縫いぐるみのことですのよ」

残り布で作った小動物の縫いぐるみを永子はバザーに出品した。

「大好評で、バザーの準備中から、係のお母さま方まで、是非、欲しい、子供に買ってやりたいって大さわぎでしたの。やっぱり、一番に売り切れてしまって……」

その縫いぐるみの製作のことだといい、くわしくは後ほどと、今西葉子は会釈して母の会の会場のほうへ去った。

「あの方、ご主人とタオルの大きな会社をやっていらっしゃるのよ。青山にお店があって、色とりどりのタオルだの、世界の名品といわれるタオルだの、そりゃ品物が豊富なお店でね、奥様も、それは意欲的な方だわ。まあ、お話をきいてごらんなさいな」

本条恵美子はそんなふうにいい、別に訊ねた。

「綾子ちゃんは、佐竹みちるちゃんと仲がいいのね」

「ええ、すっかりいいお友達になって頂いて……」

「家庭的にも、おつき合いをなさっているの」

「それほどでもないけど……主人も佐竹さんのお父さまを存じ上げていますので……」

パリから帰国する航空機の中で、佐竹と逢ったことや、七五三のいきさつなどを、永子は手短かに、要領よく説明した。

「そう……みちるちゃんがとても元気になったって担任の先生が喜んでいらっしゃるようよ。綾子ちゃんとお友達になる前は、とても暗い感じがして、なにかというと涙ぐんでしまうようなお子さんだったんですって……」

「うちでも、みちるちゃんのおかげで、学校にもすぐ馴れましたし、有難く思っているんですわ」

「綾子ちゃんは誰にでも好かれるから……」

時間が来て、永子は本条恵美子と別れて、母の会に出席した。

会場を見廻してみたが、佐竹の姿はない。佐竹の妻らしい人もみえなかった。

学年別の母の会で、ちょうど今日は六年生と一年生の父母に、それぞれ音楽室と図工室で級主任の先生から今学期の生徒の生活について話があり、そのあと、級に別れて教師と母親の懇談会が一時間ほどあった。

終って出てくると昇降口のところに、今西葉子が待っている。

「早速ですけれど……」

近くの喫茶店へ案内して、今西葉子は手早く用件に入った。

「私どもがやって居りますタオル専門の店で、タオル地を使った縫いぐるみを目下、研究中でしたの」

肌ざわりがよく、洗えて、小さな子供のペットになるような縫いぐるみを試作していたのだが、

「この前のバザーの木村さんの作品をみて、これだと思いましたの。あんな、かわいい縫いぐるみ、はじめてでしたわ」

型紙やヒントはどこから、と問われて、永子はパリにいる友人が手作りではじめたものを教えてもらったのだと話した。

「友人といっても、もう六十すぎの方なんです。お父さまが日本人で、お母さまがフランス人で……趣味で縫いぐるみを作っていらして……年に何度か施設の子供達へ贈り物にしていらしたんです」

パリでの生活の中、永子はその婦人と親しくなって、縫いぐるみを教えてもらい、ささやかな社会奉仕に参加した。

「その方のオリジナル……」

「ええ、古い縫いぐるみをほどいたりして私達も研究しました……」

今西葉子はちょっと考えていた。

「その方に、問い合せて頂けませんかしら、あの縫いぐるみをタオル地で、私どもが製作して商品化することについてですの。実をいうと、私、あなたに、その指導をして頂きたいと思って……」

縫いぐるみ専門の何人かに、型紙や、作り方のコツを教えて欲しいし、

「私、木村さんの色のセンスにも感動したんですの。残り布を使ってとおっしゃいましたけれど、あの色の合せ方は、本当にシックで気がきいていて……是非、ご協力頂けないかと思ったんです」

とにかく、店をみてくれといい、今西葉子は永子を自分の車に乗せた。

女らしくない度胸のよさで運転しながら、てきぱきと話をすすめて行く。

青山のその店は、鮮やかなタオルの色彩で包まれていた。

バスタオル、フェイスタオルなど日常に使用するタオル類は勿論、あらゆる製品がタオルで出来ていた。

タオルのガウン、パジャマ、Tシャツ、エプロン、バッグ、スカート、子供服など、

本条恵美子からきいた以上に徹底したタオルの店である。

「主人も私もタオルが好きで、世界中のタオルを研究してこの店を出しましたの。今ではは日本でも、これだけのタオルが出来ると自慢出来るものをオリジナルで出せるようになりました」

その夢の一つが、タオルで出来た縫いぐるみだと今西葉子はいう。

「お役に立つかどうかわかりませんが、パリのシサリ夫人に手紙を書いてみますわ」

今西葉子の熱意に、永子はそう返事をした。

パリのシサリ夫人からは、一週間ほどで返事が来た。

永子を娘のようにかわいがってくれていた夫人は、日本の子供達のために、縫いぐるみが喜ばれるなら、すべてを永子にまかせるという、おおらかなものであった。

「私の手助けをしてくれて、あなたがおぼえた技術が、日本でのあなたの生活に少しでも役立ってくれるように、のぞんでいます。人に喜ばれて、それで少しでも生活の糧が得られるとしたら、神さまはどんなにお喜びになるでしょう」

自分への斟酌《しんしゃく》はいらないという手紙を、永子はそのまま、今西葉子にみせた。

「木村さんはパリでも、多くの人に愛されていたのね」

手紙を読んで、永子のパリでの生活がわかるようだと今西葉子はいった。

「失礼ですけれど、私、木村さんのことを心がけのよい方だと思いました。近頃の若いお母さま方にはないものを持っていらっしゃるような気がして……」

永子は照れた。

「いえ、私、駄目なんです。気がきかなくて、ものを知りませんし……」

「うちで働いて下さるお気持はありませんか」

歯に衣をきせない言い方が、かえって気持がよかった。

「お子さんは、綾子ちゃんお一人でしょう。お子さんが学校へいらしている間だけ、私どもの店の仕事を手伝って頂きたいのです」

縫いぐるみを作るという仕事に、永子も心が動いた。

美しいタオルをみている中に、永子は永子なりに、どの色にどれを組み合せて、と、もう夢がふくらんでくる。

人形も作ってみたかった。花柄のきれいなタオルを服にして、手作りの愛らしい人形を子供達のために創作してみたい。

「主人と相談して参ります。お返事は改めてさせて頂きます」

「お待ちして居りますわ」

永子の心に、いきいきしたものが湧いていた。

シサリ夫人が手紙の中でいってくれたように、好きな仕事をして、それで生活の糧を得ることが出来たらと思う。

邦夫の給料だけで、なんとか生活は出来たが、僅かでも自分で金が稼げるというのは魅力であった。

「共働きか……」

邦夫はちょっと苦笑したが、案外、あっさりと永子の相談にＯＫを出した。

「困りますよ、あたしは留守番に責任を持ちませんよ」

果して勝江が苦情をいったが、邦夫は翌日、自分で鍵をいくつも買って来て、家中の戸じまりを完全に出来るように直してしまった。

「これでいいだろう。現金は家へはおかないこと、出かける時はお隣へ声をかけて行くというのが、防犯の心得だそうだ」

夫の思いやりが、永子は嬉しかった。

午前十時から午後四時まで、永子は今西葉子のタオルの店で働くことになった。

B

クリスマスまでに間に合せたいという今西葉子の希望で、いくつかの種類の縫いぐるみが、一せいに製作に入った。

手作りの仕事なので、縫うのはもっぱら男女のアルバイトであった。

アルバイトといっても、もともと縫いぐるみが好きだという若い連中である。

タオルの色をえらび、型紙の指導をするというのが、永子の仕事だったが、永子は先に立って、縫った。

材料を家へ持って帰って夜なべもした。

白とピンクのタオル地で出来上ったうさぎは、きれいな花柄のドレスを着たのと、チョッキに半ズボンをはいたのとで、どちらも手あみの帽子をかぶって、耳を帽子の穴から長く出していた。

「ママ、かわいいわ」

綾子が母の手許をのぞいて、何度も嘆息をつき、邦夫までが、

「ほう、かわいいじゃないか」

と手にとって眺めた。

りすの親子が出来、きりんの坊やが出来て、象の少女が完成した。

出来上った分から店に出したのが、その日の中に売れた。

製作が注文に追いつかない。

「手を抜かないで……時間がかかってもいいから、しっかりしたものを作って……」

今西葉子の方針だったたし、永子も勿論、そのつもりだった。

稀少価値が更に人気を呼んで、開店前の朝早くから店の前に若い子が行列を作り出した。

手作りの縫いぐるみが客寄せになって、他のタオル製品の売れゆきも、ぐんとのびた。

二十九日まで働いて、永子はやっと休みをもらった。

正月の仕度は前から少しずつしていたし、大掃除も出来るところから片づけていたから、なんということもない。

今西葉子から渡された給料は思ったより多かった。他にお礼としてまとまった金が添えてある。

「パリのシサリ夫人にも、気持だけですけれど、送らせて頂いたわ」

そんな心づかいも忘れない今西葉子の人柄が嬉しかった。

働いて得た金の中から、姑になにか買って贈らなければと思いながら、永子はひどく気が重かった。

永子が働いていた間中、いやみのいいづめだった勝江である。

疲れて帰って来ても、食事の仕度一つしてくれたわけではなかった。

洗濯物をとりこんでくれる器量もない。雨戸をしめてくれることさえなかった。

朝、出かける前に永子が姑のために用意して行く昼食は、茶の間のテーブルの上に食べたままで、台所へ下げてすらなかった。

食器を洗うなどは、もっての外である。

それなのに、クリスマスの夜、遊びに来た比呂子夫婦に、

「永子さんのおかげで、あたしは毎日、お弁当食べさせられてるのよ」

と苦情をいう始末であった。

「寒い季節に冷たくなったものを、一人で食べるなんていやだこと……」

自分であたためて食べるということを、勝江は忘れているようであった。

「凄いわね、ご夫婦で稼ぎまくって、兄さんお金が残って仕方がないでしょう」

その比呂子は正月にハワイへ行きたいと夫の行一をせっついているようであった。

「歌手の誰それも行くのよ。お正月、ハワイでお逢いしましょうって、この前、主人と一緒に新宿のバアで飲んだ時、さそわれたの」

行一は渋い顔をしていた。

「とても、そんな余裕はありませんよ」

ハワイまで航空料金だけで二十万からするのに、冗談ではないと否定する。

「団体で安い切符が手に入ったとしても十万ですからね。とても、そんな真似は出来やしません」

せいぜい、スキー場へでも連れて行くつもりだと行一は苦笑している。

夜なべをふた晩ほどして、永子は二つの縫いぐるみを作った。

一つはクリスマスになにも贈り物が出来なかった綾子のためである。

「もう一つは、みちるちゃんにでしょう」

綾子は友人とおそろいのうさぎを抱いてとび上って喜んだ。

「みちるちゃんのお宅へうかがって、それから、おばあちゃまにプレゼントを買いましょう」

「京都のおばあちゃま……」

「いいえ、パパのおばあちゃまよ」

ママが働いている間、御迷惑をかけたからという母を、綾子は少し変な顔をしてみていたが、なにもいわなかった。

渋谷から地下鉄で表参道へ出た。

考えてみると、今西葉子のタオルの店と、佐竹のマンションとは、そんなに遠くない。

玄関のブザーを押すと、みちるの声がインターホンから応えた。

「どなたですか」

返事は綾子がした。

「あたし、綾子……」

ドアはあっという間に開いた。

みちるの嬉しそうな顔が、思いがけない客を迎えて躍り上りそうにみえる。

「これ、綾子とおそろいなの、遅くなってしまったけれど、クリスマスプレゼントよ」

わあっとみちるが縫いぐるみにとびついた。

「嬉しい、欲しかったの、みちるとっても欲しかった……」

「お父さまはお仕事……」

一人で留守番かと思った。

「ええ、今夜帰ってくるの、でも、ママが来ているの」

ふと、子供の表情に翳《かげ》がさした。

「お母さまが……」

夫婦が話し合って、別居を解消したのかと思った。

それにしては、来ているの、というみちるの言葉のニュアンスがぎごちない。

スリッパの音がして、みちるの母が姿をみせた。

「いつぞやは失礼いたしました。私、佐竹玲子と申しますの」

永子は、迷いながら、クリスマスプレゼントの礼をのべた。

佐竹から、クリスマスに、綾子にとパリで買った人形が届けられていた。

「お礼旁《かたがた》、こちらの近くまで参りましたので、手作りでお恥かしいのですけれど……」

「綾子さんは成績がよろしいそうで、羨しいですわ」

佐竹玲子は飛躍した。

「ピアノのお稽古はしていらっしゃいますの」

「いいえ」

パリではさせていたが、日本へ帰って来てからは、どこのピアノ教室へ行かせてよいかわからないままに休ませている。

「家庭教師はおつけになっていらっしゃいますの」

「いえ……」

「それでは、塾へ……」

「塾……」

あっけにとられた。小学校一年生が塾へ通うというのが、永子には理解出来ない。

「いいえ、別に……」

「そうですの」

玲子が唇をまげて笑った。

「皆さんなにもしていないとおっしゃいますのね。そう思っていると、とんだことになったりして……」

永子は頭を下げた。

「暮のお忙しい時にお邪魔して失礼しました。よいお年をお迎え下さいますように……」

ドアを出ようとした永子に、いきなり玲子が浴びせた。

「奥様って、本当によく似ていらっしゃるわ」

足を止めた永子へ、

「そっくりなんですのよ、佐竹の初恋の人に……あまり、似ていらっしゃるんで驚きましたの」

永子はドアをしめた。

どういうつもりで、佐竹玲子がそんなことをいったのかと思う。

綾子が、みちるの母の無神経な発言を、どんなふうに受けとめたかと心配であった。

だが、綾子はなにもいわなかった。

原宿の洋品店で、永子は勝江のために、ショールを買った。

カシミヤで、永子の気持からすれば、予定の金額をだいぶ上廻る買い物である。

これくらいのことをしておかなければと思った。

来年も、今西菓子の店で働くとすれば、少しでも勝江の心証をよくしておかなければならなかった。

姑のために、心をこめて買い物をする気持にはどうしてもなれなかった。

自分の便宜上、そうしておかなければと思って買い物をしていることに、永子は自己嫌悪を感じている。

これが、生活の智恵というものだろうかと思った。

だが、永子からの贈り物を、勝江は例によって喜ばなかった。

「少し、地味じゃない」

傍から保子までが、そんなことをいう。

「地味なものか、いくつだと思っているんだよ」

邦夫がいい、勝江はぞんざいにショールを丸めて二階へ上って行った。

保子は、大晦日から友人とスキーに出かけることになっていた。

「女ばかりだろうな」

仕度をしている妹に、邦夫が訊いた。

「男もいるわよ」

「何人だ」

「女三人、男が五人」

「部屋は別だろうな」

「ロッジですよ、当り前じゃないの」

保子の声が、どこか荒れているのを永子は感じていた。

気持も不安定である。

ひどく機嫌がよいかと思うと、急にむっつりして、ヒステリックになったりする。

「早く、結婚させないといけないな」

邦夫は、そんなふうに解釈していた。

スキーもスキー靴も、むこうで貸してくれるといい、保子はスーツケース一つで、出かけて行った。

そのあとで、京都の実家から永子に電話がかかった。

「永子が正月に来れんのやったら、手紙を出そうと思うて……」

保子に縁談をさがしたと重治がいった。

この前、綾子の七五三に来た時、勝江に頼まれたのを、律義におぼえていてくれたものである。

「一ぺん、お前が逢うてみたら、どうやろかと思うてなあ」

そういう兄の気持の背後には、永子と綾子の正月の実家《さと》がえりをたのしみに待っている祖母の信子があるに違いない。

「兄さんから、邦夫さんに話してみたいんやけど……」

重治の作戦は効を奏した。

電話口に出た邦夫は、あっさり、永子の京都行を約束した。

「二日にそちらへやりますから……何分よろしく……」

永子の実家にいい顔をしたい邦夫の性格を兄の重治は人のよい顔をしながら、ちゃんと心得ている。

「どんな縁談だろうねえ」

そういう話になると、勝江も熱心になった。

「永子さんの実家が口をきいてくれるくらいだから、いい家の息子さんだろうが……」

おせち料理を重箱につめながら、永子は、ふと、佐竹もみちるを連れて正月に京都へ帰るだろうかと考えていた。

春は浅くて

A

正月の京都は底冷えがひどかったが、どこか古都らしい落ちつきがあって永子は好きであった。

待ちかねていた祖母の信子と、祇園さんへお詣りをしたり、居間で兄や兄嫁と世間話をしていると、はじめて正月が来たような気分になった。

重治がみつけて来た縁談は花見小路に「京藤《きょうふじ》」という割烹料理店を出している藤松丈治という青年であった。

父親は京都で指折りの料亭の花板を長年つとめ上げた料理職人で、今は高雄の近くに住み、古い贔屓《ひいき》筋から頼まれると懐石料理の出張に出かけて行く。

お得意先は茶道の家元とか、京の老舗のお祝いごとやら、政界財界の一流人が家へ客を招く場合などで、

「料理人としては、ほんまに一流中の一流や」

と兄からいわれなくても、永子は婦人雑誌などで、その老料理人の紹介する京料理な

どを興味深く読んだことがあった。

藤松丈治はその次男坊で、早くから外へ出て板前修業をした後、父の手伝いをして、自力で花見小路に小さな店を出した。

「カウンターばかりの小さい店やけど、京都では名の通った店で、来るお客もええ人ばかりや。第一、本人がまことにええ男で、あの人やったら、間違いないと思うけども……」

そもそもは暮に客を案内して、「京藤」へ食事に行った時に、たまたま、東京の永子の話が出て、それから永子の義妹のために縁談を心がけていることを、重治が口にしたところ、

「永子はんの妹はんやったら、逢うてみたいけども、うちのようなとこへ来てくれはりますかなあ」

と丈治が冗談らしくいい出したのがきっかけだったという。

「まあ永子の妹いうたところで、血のつづきがあるわけやないし、保子はんが、丈治君の想像しているようなタイプかどうか、そこのところが、ほんまいうと心配なんやけども、丈治君はすっかり乗り気で、一ぺん逢わして欲しいいうものやから……」

重治は、ちょっと苦笑していた。

永子の義妹というので、永子のような女を丈治が連想しているのではないかと心配している。

「そんなことはないでしょう。保子さんは洋裁学校の先生をしているくらいだから、しっかりしていて、丈治さんの相談相手になれると思いますけれど……」

そうはいいながらも、永子は考え込んだ。

料理というものに、保子がまるっきり情熱を持っていないのは、半年、一緒に暮してみて、よくわかっている。

「まあ、丈治君も、別に結婚したかて、奥さんに店を手伝うて欲しい気はあらへんそうやし、家は家、店は店と分けて考えてくれてかまへんいうてるんやけどなあ」

一ぺん、当人をみがてら、「京藤」へ食事をしに行かないかという重治の提案に、永子はうなずいた。

「京藤」の店は五日から開けるという。その前日に、佐竹みちるから綾子に電話がかかって来た。

「綾子ちゃんのお家へ電話したら、ママと京都へ行ったってきいたの。みちるもパパに連れて来てもらったのよ」

子供同士は電話口で躍り上って喜び、早速、みちるが佐竹守明に連れられてやって来た。

「正月早々、勤務にぶつかりまして、東南アジアまで行って来ました」

という佐竹は、綾子のためにタイの縫いぐるみの動物や人形、それにタイシルクや洋酒などをたずさえて、やって来た。

「暮には、みちるに有難うございました」

永子にタオルの縫いぐるみの礼をいった。みちるは、永子の手製のうさぎの人形をしっかり抱いている。

「寝る時も抱いてベッドに入るんです」

佐竹にいわれて、永子は嬉しかった。

「綾子もよ。綾子もいつも抱いて寝るの」

綾子がいい、

「時々、寝相が悪くて、蹴とばされたりしてるんですよ、うさぎさん……」

永子が微笑した。

「みちるもですよ。よくベッドの下に落ちているので、夜中にそっとベッドの中へ入れてやったりします」

佐竹が父親らしいことをいった。

「どうやろ、永子、明日、京藤へ佐竹はんもお呼びしたら……」

沢山の土産物を頂いた、せめてものお返しにと重治がいい、祖母の信子も勧めた。

「そうおしやす。綾子ちゃんとみちるちゃんは、うちがあずかって、お鰻《うな》でもとってあげよ。そのほうが、たんと遊べて嬉しいやろ」

子供二人は早速、その気になってとびはねているし、佐竹も恐縮しながら、申し出を受けた。

翌日、永子は京都へ来て、はじめて和服に手を通した。

信子が、兄嫁のと一緒に呉服屋へ注文しておいてくれた春着で、少しくすんだブルゥの地に雪輪が図案化してある。

久しぶりに、永子は自分の箪笥を蔵へ行って開けた。

結婚の時、すぐにパリへ行くことがきまっていたので、僅かな着物と帯の何枚かを除いては実家において行った。

娘時代に信子が作ってくれたものだったが、永子が地味好みだったので、今、出してみても、けっこう着られそうなものばかりだった。

新しい着物に合せて、梅を描いた帯をえらんだ。長襦袢も小物類も信子の丹精で、少しも古びていない。

「よう似合うわ、ほんまに、映りがええなあ」

信子は鏡の前に立った永子に眼を細くして繰り返した。

「大事に着ますわ。大事に着て、そっくり綾子にゆずります。おばあちゃまがママに見立てて下さったきものだと教えて……」

そうするつもりだった。祖母の思い出を、母から娘へ、あたたかく伝えて行きたいと思う。

約束の時間に佐竹がみちるを連れて来て、こちらは永子と兄夫婦の三人が、揃って花見小路の「京藤」へ行った。

カウンターだけの小さな店と兄がいったが、そのカウンターはおよそ十人が並んでかけられるほどで、他に、四人掛の椅子席が二つ、満員になっても十八人ほどの客に対して、板前は、主の丈治を含めて七人もいる。

若く、威勢のいい料理職人ばかりで、きびきびした働きぶりはみていて気持がよかった。

無論、丈治は先頭に立って働いている。

店は満員であった。

殆どが常連で予約の客であり、ふりの客の入るすきまはない。

料理はどれも旨かった。

豊富な材料と心のこもった味つけが抜群である。

「久しぶりに、こんなおいしい日本料理を頂きました」

佐竹がいったが、永子も同感であった。

経済的な理由もあるが、家庭の主婦は滅多なことでは一流店の味に触れる機会がない。

日本酒が料理によく合って、珍しく永子も盃をいくつか開けた。

藤松丈治が正式に挨拶したのは、カウンターの席が、かなり空いてからで、

「はじめまして、今日はようお越し下さいました。いつも辻村はんにはお世話になってます……」

気持のいい笑顔をむけた。

年齢はちょうど三十というが、年齢より若くみえるのは童顔のせいで、中肉中背の感じのいい青年である。

永子の隣にすわっていた佐竹を、

「ご主人さんでっか……」

と間違えて、永子を慌てさせたが、これも慌てた佐竹が、子供同士のつきあいを説明すると、

「ほな、ＰＴＡのお仲間でんな」

とさわやかに笑っている。

話題はやはり、料理のことになった。

器用な手つきで、包丁を動かしながら、永子の質問に丁寧に答えてくれる。

「永子はんはお料理がお好きなようでんな」

丈治が感心していった。質問が急所を衝いてくるという。

「なかなか、若いお方で、そんなふうにお訊ね下さるお方はあらしまへん」

はじめましてと挨拶をしたけれども、この前、錦でちょっとお見かけしたのだと、丈治はいった。

夏の終りに京都へ来た時のことらしい。

錦小路で買い物をしている永子をみて、丈治の連れが、辻村のお嫁に行かはった嬢さんや、と丈治に教えたそうであった。

「ちっとも存じませんでしたわ」

「そらそうどすがな。こっちが勝手にごちゃごちゃいうて、内緒でみてましただけですねん」

そんな言い方に愛敬があって、成程、料理といい、この人柄では、客は黙っていても、この人の贔屓になるだろうと、永子は思った。

食事が終って、兄夫婦は残って、丈治から見合のための写真と書いたものをもらって行くといい、永子は佐竹と一足先に帰宅することにした。

辻村の家までは、歩いても、それほどではない。

「コーヒーを一杯、飲みたいんですが、つき合って下さいませんか」

佐竹がいって、永子は娘時代からコーヒーが旨いので知られていた喫茶店へ、佐竹を案内した。

家へ電話をすると、綾子が出て、兄の息子達とかるた取りをしているという。

「みちるちゃんのパパとコーヒーを頂いて帰りますって、おばあちゃまに申し上げてね。もう十五分くらいで帰ります」

電話を切って、佐竹の待っているテーブルへ戻ろうとして、ふと、反対側の席の男女に気がついた。

向い合ってすわっている女のほうが、ハンカチを眼にあてている。

保子であった。

相手の男は三十五、六だろうか、金ぶちの眼鏡をかけて、派手な格子の背広を着ている。

永子の知らない顔であった。

保子が顔を上げて、永子に気がついた。永子が声をかける前に立ち上って、コートとハンドバッグをつかむと、すさまじい勢いで店をとび出して行った。

相手の男は、あっけにとられ、あたふたと勘定を払って、保子のあとを追って行く。

「どうしたんですか」

佐竹が立って来て、永子は席へ戻った。

「妹をみかけたものですから……」

かくすわけにも行かなかった。

「ご主人の妹さんですか」

「人違いかも知れません」

スキーに行くといって家を出た保子が、京都の喫茶店に男と居たとは、佐竹にはいえなかった。

「ごめんなさい。私、そそっかしいものですから……」

永子の様子をみて、佐竹は話題を変えた。

「永子さんは、お料理にくわしいんですね。藤松さんが感心していたじゃありませんか」

「下手の横好きなんです。料理学校へ行ったこともありませんし……」

日本料理は全部、祖母仕込みであった。

「パリへ行ってからは、ご近所のシサリ夫人から家庭料理を習いましたの」

あとは本をみたり、レストランで食べたものを、家で自己流に作ってみたりだと、永子は恥かしそうに答えた。

「藤松さんは、どうも、永子さんのような人をお嫁さんに欲しいらしいですね」

佐竹は、それがいいたかったようであった。

「とんでもない……」

「でも、どうなんですか、ああいう店の奥さんになって、夫婦で働いて、店を大きくするというの、永子さんなら、好きそうですね」

酒の酔いもあって、佐竹はいつもより、口が軽くなっていた。

「好きかも知れませんわ」

永子も笑った。

「貧乏性で、なにかしていたくて仕方のない人間ですから……」

「暮にお出でになった時、妻がお目にかかったそうですね」

佐竹がコーヒーを飲みながら、いった。

「失礼なことを申し上げたんじゃありませんか」

「いいえ、どうしてですの」

佐竹の妻から、自分が佐竹の初恋の女に似ているといわれたことを思い出したが、口には無論、出来なかった。

「こんなことを、お話しするのは、きまりの悪いことなんですが、僕の結婚は失敗でした。結婚のそもそもが間違っていたんです」

結婚したいと思っていた女性は別にいたと、佐竹は話した。

「妻の友人だったんです。その女性から紹介されて、妻と知り合ったので……」

「どうして、その方と結婚なさいませんでしたの」

故郷へ帰って来ているという心のくつろぎからか、永子もいつもの慎み深さを忘れていた。

佐竹の妻に、ああした言われ方をした反動もあった。

「死んだんです。山で遭難したんです」

登山は前からの趣味だったが、いつもグループで行動していたのに、何故か、その時は一人で上高地から奥穂高へ出かけて、落石でやられたという。

「それから二年目に、今の妻と結婚しました。結婚して半年で、みちるが誕生するような始末で……」

佐竹は苦笑した。

「みちるのためにも、いい家庭を作らなければと、随分努力をしたんですが……」

佐竹は流石に口には出さなかったが、妊娠してから結婚という二人の結びつきには、微妙な男女の感情があるようであった。

「妻は二言目にはいいます。子供が出来なかったら、僕とは結婚しなかったと……僕にしても、そうだったと思うんです」

「おやめになって……。みちるちゃんが、かわいそうですわ」

永子が制し、佐竹は我にかえったようであった。

「そうでした。みちるのためにも、いってはいけないことなんですが……」

顔をあげて、佐竹は苦笑した。

「どうも、酔ったようです。ごめんなさい」

勘定書をとって立ち上った。

外は冷え込みが、更に強くなっている。

タクシーで帰ると、ちょうど、かるたが終ったところであった。

「おやすみなさい。今日は本当にありがとうございました」

みちるを連れて帰って行く佐竹を、永子は綾子と門の外まで出て見送った。

愛のない結婚をして傷ついている父親と、両親からこの子がなかったら結婚しなかったといわれなければならないみちるの立場が不愍だった。

佐竹にくらべれば、姑や小姑にふりまわされるといっても、自分の生活は遥かに幸せという外はない。

保子の縁談を土産に、永子は七草の日に東京へ帰った。

B

帰京してみると、保子は前日に帰宅していた。

永子に会っても、なにもいわない。

佐竹には、見間違いかも知れないといったが、京都の喫茶店で逢ったのが、保子であることはいうまでもなかった。

雑踏でちらとみかけたというのではない。狭い喫茶店の中である。

「板前じゃないの」

永子の持って来た縁談に、保子はいきなりそういった。

「料理屋の主人だよ。腕に職があるというのは、下手な勤人よりいいぞ」

邦夫がいっても、鼻の先で笑って相手にしない。

「つまんない顔してるわ」

「京都へ嫁にやるのはどうもね」

保子の口に合せて、勝江も不満を述べた。

「学歴も高校までじゃないの」

「背も低いわ。一メートル七十センチ以上はないとね」

母子で勝手なことをいっているくせに、

「じゃ、断るのか」

と邦夫が訊ねると、曖昧な返事をする。

「もしかすると、保子さんに好きな方がいらっしゃるんじゃありませんか」

思いあぐねて、永子は夫に話した。京都で保子が男連れだったことである。

「いつなんだ」

邦夫は驚いた。

「五日の夜です」

「どんな男だった……」

年恰好と大体の感じを妻からきいて、邦夫は早速、保子を会社の帰りに呼び出して、外で、問いただしたらしい。

「スキーに行って、あまり混んでいたので、みんなで京都へ行ったというのだよ。たまたま、一人で京都の町へ買い物に出たら、帰省していた生地屋の主人に逢って、お茶をごちそうになっただけだというんだが……」

帰宅して、邦夫は保子の弁明を、そんなふうに妻に伝えた。

「洋裁学校と取引のある生地屋の社長だそうだ」

永子はうなずいたが、すっきりしなかった。

買い物に出て、たまたま、出逢った知人とコーヒーを飲むというような雰囲気ではなかった。

もし、その通りなら、どうして保子が永子を避けたのかと思う。

が、それについて、永子は夫になにもいわなかった。にもかかわらず、保子からは痛烈にやっつけられた。

「お姉さんって、なんでも旦那様にいいつけるのね。ご自分こそ、男と二人、恋人気どりで歩いてたくせに……」

勝江までが皮肉をいった。

「なにをしに、京都へ行ったのかわかりませんね」

歯をくいしばって、永子は耐えた。夫には佐竹とどうして喫茶店に入ったかを、きちんと説明してある。

「そんなつまらんこと一々、気にするな」

と邦夫がいってくれたのが、せめてもであった。

新しい年は、またたくまに日がすぎて行く。

綾子の三学期もはじまっていたし、永子は、又、原宿のタオルの店へ通い出していた。

保子の縁談の返事は、ずるずると延びたままになっている。

節分がすぎて間もなくの夜であった。

邦夫が十一時に帰宅して、三十分も経った頃、保子が帰って来た。

玄関の戸をあけに出た永子は、保子の顔をみて、息を飲んだ。

眼が釣り上って、蒼白になっている。ヒステリックになにか叫びながら、足音も荒く二階へかけ上って行った。

「なんだ、いったい……」

出て来た邦夫が二階へ行って障子の外から声をかけたが、保子は狂気のように、わけのわからないことをわめき、泣いている。

勝江が、邦夫にかわって部屋へ入り、間もなく下りて来た。

「仕事のことで、誰かから、ひどいことをいわれたらしいよ。保子のことをねたんで、いじわるをする女がいるんだって……」

そんな説明では、どうも合点の行かない保子の態度だったが、当人がそういっている以上、仕方がない。

翌日、保子は洋裁学校を休んで、一日、部屋にひきこもっていた。

下りて来たのは、夕食の時で、眼を泣き腫らし、学校をやめるといった。

「つくづく、いやになったのよ。長く働ける職場じゃないわ。二度と行く気がしない」

なにがあったのだという邦夫の質問には返事をしなかった。

ただ、やめるの一点ばりである。

「やめて、どうするんだ」

「お見合をするわ、京都へ行って……誰とでもいいから早く結婚したいのよ」

そんな調子で結婚を考えられては、先方に気の毒だとは思ったが、永子はなにもいえなかった。

外で仕事をしていれば、傷つくことも多いだろうし、時にはなにもかもいやになって結婚へ逃避したくなるというのも、わからないわけではない。

「京都の話、すすめてみてよ」

現金なもので、勝江は早速、永子に催促した。

「店をみがてら、日帰りで行けばいいわよ」

まどろこしそうに、保子はどなり散らし、明日にでも、京都へ行くといい出した。

一カ月近くも梨のつぶてで、非常識の限りだったが、それをたしなめる筈の勝江までが、

「保子が折角、そういうのだから……」

とすましている。

永子が、京都へ連絡をとり、先方からは、お出で下さるなら、いつでもと、挨拶があって、結局、保子のいう通り、翌日、勝江と永子がついて行くことにきまった。

邦夫は会社があるし、綾子は学校がある。

「あたし、みちるちゃんのお家へ行っているわ。みちるちゃんにそういってみる……」

綾子はそうきめて、電話をすると、幸い、佐竹が電話口に出て、自分が休みで家にいるから、間違いなく、おあずかりしますといってくれた。

「恐縮ですが、よろしくお願いします。遅くとも、七時には、迎えに行きますので……」

邦夫が綾子にかわって、男同士、そんな打ち合せが出来た。

正午あたりの新幹線で出かける予定が、保子と勝江は、例によって九時すぎないと起き出さないし、それから美容院へ行くといい出して、保子が洋服で行くか、着物にするかがひともめで、なんとか間に合ったのは、三時のひかり号であった。

列車の中でも、保子は気分が悪そうにふさいでいて、勝江だけが弁当だの、サンドウイッチだの、蜜柑だの、売りに来るものを子供のように片はしから食べた。

新幹線の中から、永子が電話をして、京都駅には、兄の重治が車で迎えに来た。

「寒い時に、えらいことでしたな」

さぞ、お疲れだろうという重治の挨拶にも、保子はそっぽをむいていて、出迎えの礼もいわない。

一度、辻村の家へ落ちついて、それから保子が着物に着かえた。

「保子はん、なんや知らんけど、どこぞ具合が悪いのと違いますか」

兄嫁の秋子が、台所で永子にそんなことをいう。

「お見合で緊張しているんですわ。申しわけありません、お気を使わせて……」

永子は保子のために弁解した。

二月というのに、中庭の陽あたりのいい場所に紅梅が咲き出している。

永子が子供の頃から、そこにあった老木であった。

もう、すっかり夜になった庭に、梅の香だけが、ほのかにただよっている。

「永子……」

いつの間にか、そっと信子が永子の背後に立っていた。

「あのなあ……こんなこと、今からいうのはいらんことかも知れんけど……あのお人では、あかんかも知れへん……」

そっとささやいた。

「どういうてええか、わからへんけど……」

祖母のいいたいことが、永子にはすぐにわかった。

信子のもっとも嫌いな女のタイプが、保子であった。少女の女らしい、やさしさ、心づかい、思いやりなど、少女の日から永子がきびしくいわれ日から永子がきびしくいわれて来たことの、すべてが、保子には欠落している。

「そやかて、おばあちゃん……」

珍しく京言葉に戻って、永子は首をふった。

「どもならんでしょう」

信子が苦笑した。

「なんで、あないに育てはったんやろうなあ」

祖母の嘆きが身にしみて、永子は途方に暮れる思いだった。

一時間もかかって、着つけをして出て来た保子は、なんとも異様だった。

中振袖の派手な柄が、骨ばった保子には似合わない。二十八という年齢より、老けてみえる保子だったが、今日は厚化粧が、一層若さを奪ってしまったようであった。

照れているのか、見送ってくれる秋子にも信子にも頭を下げることすらしない。

タクシーで「京藤」へ乗りつけたのは、もう八時になっていた。

五時頃から満員の「京藤」のカウンターは、漸く、客が帰りはじめたところで、

「おいでやす。どうぞ……」

丈治が、いつものさわやかな声で、迎えてくれた。

「お腹がおすきでっしゃろ、まあ一つ、召し上って下さい」

自分から先に立って、包丁をとった。

「突然にお邪魔して……」

いいかける永子に、

「いいえ、お待ちしてましたんでっせ」

時間に遅れたことも、かえって店がすいてよかったと、丈治はいってくれる。

次々にタイミングよく出される料理を、勝江は黙って食べる一方だし、保子は、はにかんでいるのか、一向に手をつけず、一本だけつけてもらった日本酒を、思い出したように飲んでばかりいる。

話は、やむなく、永子と丈治の間で、もっぱらかわされた。

話題はいくらでもあるのだが、今日の主役は保子である。

「如何でっか、お口に合いませんか」

時折、丈治はうつむいている保子に声をかけたが、保子はかたくなに返事もしない。

永子は、はらはらし、その永子に気を使って、丈治は料理の話を懸命に続けた。

なんともしらけた見合の席であった。

泣きたいような思いで、永子が保子を眺め、若い板前が出してくれた味噌椀を前へおこうとすると、保子が急に口許をおさえた。

「トイレ、どこ……」

保子にいわれて、永子は慌てて椅子を立った。

保子はかけ込むように、教えられたトイレットへ走り込んで行く。

「どうしたのかねえ」

のんきに味噌椀を手にして、勝江が永子をふりむいた。

「さあ……」

緊張のあまり、気分が悪くなったのではないかと、永子は考えた。

二十分もトイレットにこもっていて、出てくると保子は、すぐに帰るといい出した。

「ご気分が悪いのでしたら……」

丈治が自分で車をひろってくれて、永子は詫びの言葉も早々に、保子と勝江を連れて家に帰った。

家には「京藤」から電話があって、重治や秋子が心配そうに表まで出ている。

「帯がきつかったらしいんですよ」

勝江は重治夫婦にそういったが、保子はすぐ、又、トイレットへ走り込んでしまった。

「お酒に酔ったのと違うかしら」

料理には手をつけず、酒ばかり飲んでいたことを、永子は兄に訴えた。

「永子さん、ちょっと……」

兄嫁の秋子が、うろたえている永子をすみへ連れて行った。

「保子さん、ひょっとしたら、赤児《やや》が出来てるのと違いますか……」

耳許にささやかれて、永子は言葉を失った。

庭から、紅梅の香が、ゆっくりとただよって来ている暗い廊下のすみである。

浮気

A

京都から帰って来て、保子は家族から問いつめられて、とうとう妊娠を白状した。

「いったい、相手はどういう男なんだ」

流石に肉親の情で、邦夫は妹を叱るよりも、その善後策に頭をなやましているようであった。

「結婚出来るような相手なら、兄さんが話しに行ってやってもいいが……」

保子は、そういわれても泣いてばかりいて、なかなか口を割らなかった。

「どうせ、もういいのよ。彼のことなんか、大きらいよ」

とりとめもなく喚《わめ》き散らすだけである。

「そっとしてやってよ。あんまり、追いつめると、なにをするかわからない子だから……」

勝江は、そんないい方で保子をかばったが、一日経てば、お腹の子も一日育つわけで、

「結婚出来る相手ならとにかく、そうでないなら、お腹の子の始末も考えなければなら

ないでしょう。のんびりしている場合ではありませんよ」

邦夫は娘に甘い母を叱った。

そうまでいわれても、保子は、

「かまわないわ、未婚の母になってやるから……」

と居直ったような態度である。

「ああ頑固だとは思わなかった。悪いところばかり、お袋に似たんだな」

階下へ戻って来て邦夫は嘆息をついた。

「やっぱり、あの方と違いますかしら。私がお正月に京都で逢った……」

遠慮がちに永子は夫にいった。

どう考えても、京都の喫茶店で男と向い合っていた保子の様子はただごとではなかったように思う。

「洋裁学校と取引のある生地屋の社長とかいう奴か……」

邦夫も考え込んだ。

今になって思えば、志賀高原へスキーに行くといって出かけた保子が、いくらスキー場が混んでいたからといって、急に予定を変更して京都へ行くというのも変な話であった。

おまけに、他の友人達は宿にいて、保子一人が買い物に出て、知り合いの生地屋の社長と出逢ったというのも、偶然すぎる。

スキーに行くといって家を出た時、保子が殆どスキーの準備らしいことをしていなかったのも、今、思えば、悪いほうに平仄《ひょうそく》が合う。

「明日、洋裁学校へ行って、それとなく訊いてみるか」

妹に手を焼きながらも、放ってもおけず、邦夫は調査に乗り出した。

翌日、永子が青山のタオルの店で、製作指導をしていると、夕方になって、邦夫が電話をかけて来た。

「近くまで来ているんだ」

仕事はもう終る時間であった。

原宿の喫茶店で待っていてもらい、永子は店から小走りにかけつけた。

邦夫は小さな喫茶店の隅でコーヒーを飲んでいた。入って来た永子へ軽く手をあげる。

パリに居た時分は、時折、シャンゼリゼのカフェテラスなどで、夫と待ち合せをすることもあったが、帰国後は夫婦で外出するのさえ、珍しくなってしまっている。

気恥かしいような感じで、永子は夫の前へすわった。邦夫も幾分、照れた表情である。

「どうでした。なにか、わかりましたの」

紅茶を注文してから、永子は訊ねた。

夫の顔色は暗澹としていた。

「銀座の吉井という生地屋の息子なんだ」

保子の相手であった。

保子は社長といったが、現実には父親が社長で、兄が副社長、彼は専務という、いわば一族で固めた小会社である。

「吉井武敏という男なんだ」

保子の勤めている洋裁学校へ生地を入れていて、教師である保子と知り合った。

「二年前からの仲だそうだよ」

邦夫は憂鬱そうであった。

二年前からといえば、永子たちが日本へ帰ってくる以前のことである。

「独身なんですか」

おそるおそる、永子が訊いた。

「子供が二人もいる。学生結婚だそうだ」

「それじゃ、保子さんのことは……」

「結婚する気はない。最初から大人のつきあいで、それは、保子も承知の上だと、むこうはいっている」

「そんな……」

「洋裁学校じゃ、周知だったようだ。保子とその男のつきあいはね。主任の中島という教師が、すぐ、教えてくれたよ」

保子の妊娠にも、薄々、気づいているような口ぶりだったという。

「とにかく、保子が馬鹿なのだ。知らなかったのならとにかく、妻子のある奴とそういう関係になるなんて……最初から、こうなることは、わかりきっているじゃないか」

邦夫は腹を立てていたが、永子は、保子にも同情の余地がないわけではないと思っていた。

都会の一人暮しで、女の気持が寂しい時、それでなくとも婚期を逸しかけて、苛々している不安定な状態に、男から誘いの言葉がかかれば、ひょっとして、そういう関係にならないとは限らない。

愛があれば、結婚などという形式はどうでもいいという考え方は、ちょっとみには進歩的であり、洒落た男女関係のように錯覚しがちであった。

だが、いくら、最初は、おたがいに束縛しない自由な関係だといっても、肉体関係を持てば、女にはあせりが出てくる。

男には家庭があるが、女にはない。妻の許へ帰って行く男に嫉妬の気持も湧くし、月日が重なるにつれて、男を独占したい心が強くなる。

皮肉なことに、女がそうなると、男の心は急速に冷え出すもののようであった。

もともと、家庭を捨てる気のない、浮気なのである。

わずらわしくなれば、男は遠ざかるし、男が逃げ腰になれば、女は一層、燃え上るというのも、男女のさだめのようであった。

保子と吉井武敏の状態は、ちょうど、そんな時期に達していたに違いない。

保子が、永子達と同居して以来、ずっと情緒不安定で苛々していた理由がわかったと永子は思った。

「あなた、あんまり、保子さんを責めないであげて下さい」

帰り道に、永子はそっと夫に訴えた。

だが、帰宅してみると、比呂子が来ていた。

母の勝江と姉妹で、ケーキを食べながら、お喋りをしていた。テーブルの上には、ファッション雑誌が何冊もひろげてあり、春の服を新調する相談でもしていた様子であった。

綾子は一人、自分の部屋で宿題をしている。

「お帰りなさい。ママ……」

永子の顔をみると、ほっとしたように笑いをみせた。

永子はかっとなった。

姑も小姑も茶の間でケーキを食べ散らしていながら、学校から帰って来た綾子に、その一つも分けてやる気がなかったのだろうか。

「綾子、おやつは……」

「ママがサンドウィッチ作っておいてくれたでしょう」

冷蔵庫から牛乳を出して、それを食べたという。

「おばあちゃま達、ケーキ下さらなかったの」

つまらないことをいうまいと思いながら、つい、永子は訊いた。

「あげましょうかっておっしゃったの。でも、綾子、サンドウィッチ食べたら、お腹が一杯だったから……」

そういう点は、口のきれいな子であった。一人っ子でおっとり育てたから、がつがつしたところはない。

綾子のいう通りだろうと思いながら、やはり、永子はもやもやした気分が消えなかった。

自分がつらいめに合うのには、忍耐の強い永子だったが、我が子に対しては、ひどく親馬鹿になってしまう。そうではならないと永子は自分をたしなめた。

綾子も、もう小学生であってみれば、世の中にはさまざまの人間の感情があり、必ずしも、自分の思い通りにはならないものだということを知っていい時期へ来ていると思う。

小さければ小さいなりに、そうした対人関係を乗り越えて行くことが、綾子の成長に違いない。

気をとり直して、永子は台所に立った。

「そんな、兄さん、ひどいじゃない」

比呂子の声が、がんがんと台所まで聞えて来た。

「いくら、妻子があったって、保子と二年間も続いていて、なんの責任もとらないという法はないわ。あんまり、保子を馬鹿にしているじゃないの」

「それじゃ、どうすればいいというんだ」

邦夫の声も大きかった。

「どうするって、奥さんと別れて、保子と結婚するとか……」

「奥さんに罪はないよ。悪いのは保子だ」

「そんなことありませんよ、夫が外で恋愛するのは、奥さんに不満があるからよ。奥さんがちゃんとしていれば、浮気なんてするもんですか」

堂々と比呂子はいった。

保子が突拍子もない声をあげて笑っている。

気持のよさそうな笑い声であった。

「相手は、女房と別れる気はないんだ。子供が二人もいるんだぞ。子供になんの罪がある」

「子供なんて関係ないわよ、男女の関係は、ヒフティ、ヒフティだわ」

なにが、ヒフティ、ヒフティなのか、比呂子は得意そうに演説している。

「奥さんと別れて、保子と結婚するように、いってやってよ、兄さん……」

「離婚は彼一人の意志できまるものじゃない。女房が同意しなけりゃ出来ないんだ」

「奥さんだって、いやになってるんじゃないの、浮気した亭主なんて……」

「いい加減にしないか」

たまりかねて、邦夫がどなった。

「なにもかも、自分の都合のいいように考えるんじゃない。世の中、そんなに甘くないんだぞ」

少しは新聞の人生相談でも、読んでみろと邦夫は声を荒くした。

「妻の立場を守る法律はあっても、愛人の立場を守る法律なんぞありゃあしない」

「日本は遅れてるわねえ」

「どこの国だってそうだ。馬鹿なことをいうと笑われるぞ」

「いいじゃない、好きなら、なにをしたって」

「人に迷惑をかけなければね」

「でも、男が悪いのよ、男が行動を起すからじゃないの」

「男のいいなりになる女だって悪いんだ。子供じゃない。自分のしたことには自分で責任をとるより仕方ないんだ」

「慰謝料もとれないのかね」

勝江が口をはさんだ。

「そんな馬鹿なことないだろう」

「とれませんよ」

きっぱり、邦夫がいった。

「保子は欺されたわけじゃないんです。結婚詐欺にあったのとは違うんですからね」

最初から女房子のあることを知っていて、愛人関係になったのでは、どうにもならないのだと邦夫がいい、保子が唇を噛んだ。

「保子、知ってたの、吉井さんに奥さんがいるってこと……」

比呂子にいわれて、保子がなにか答える前に邦夫がいった。

「吉井武敏の女房は、保子の洋裁学校の同級生なんだよ。結婚式にまで招ばれているんじゃ、知らなかったとはいわせないよ」

勝江も比呂子も絶句したようであった。

吉井武敏は六年前に結婚していて、当時、保子は洋裁学校の専科に在学していた。花嫁の友人として、洋裁学校の友達も三人ばかり招かれたが、その中に、保子も入っていたのだ。

茶の間の空気は、急にしらけた。

「でも、奥さんも悪いと思うわ、夫に愛人が出来たのも知らないで、のうのうとしているなんて……」

それでも、比呂子はまだ、そんなことをいっていたが、やがて、そそくさと帰って行った。

保子は二階へ上ったきりである。

「お母さんから、よく話して下さい。出来てしまったことは仕方がないから、とにかく、子供の始末をして、きっぱり吉井と別れるように……吉井のほうは、もう保子とかかわり合いを持ちたくないといっているんですから……」

邦夫がいっているのを、永子は暗い気持でききながら、食事の仕度をしていた。保子をいい気味だと思うよりも、これで又、保子がこの家のお荷物になるのだという思いのほうが強かった。

保子が苛々すれば、この家の平和は滅茶滅茶になる。

洋裁学校もやめてしまったとなると、この先、保子はどうするのかと不安であった。

B

すったもんだのあげく、保子は母と姉の比呂子について行ってもらって、産婦人科の病院へ行った。

その病院は、比呂子の紹介であった。

「うちのが、タレントさんに紹介してもらって来たのよ。歌手やタレントさんの中には、ちょいちょい、そういう御厄介になる人があるそうじゃない」

比呂子の夫の行一は、レコード会社に勤めているだけあって、そっちのつきあいから、院長に紹介状を書いてもらって来たらしい。

保子の子供の始末はついたが、精神的にもかなり参ってしまったらしく、暫く、温泉へ休養に行きたいといい、これも、比呂子が行一の会社の保養所を予約して来て、勝江と比呂子、それに春休みになったばかりの百合までついて、保子をつれて出かけて行った。

久しぶりに、親子三人の我が家であった。

パリ以来、親子水入らずの生活に、永子はほっと一息つく思いだった。

気のせいか、綾子までが、どことなく、はしゃいでいる。

春休みになってすぐに、佐竹みちるの誕生日パーティに招かれていた。

本当の誕生日は、三月のはじめだったのだが、父親の勤務の都合で今日までお祝いをのばしたのだという。

みちるは、同じ級の小さい友人を、綾子の他に五人招いたらしい。

その前日に、佐竹はみちるを連れて、永子のつとめているタオル店へやって来た。

例の、小さなタオルの縫いぐるみを、招いた友達へのおみやげにしたいという。

幸い、出来上ったばかりのが、揃っていて、永子は自分で一つ一つを小箱に入れて紙でくるみ、リボンをかけた。

「なにしろ、馴れないものでして……」

娘の誕生日祝いの仕度に、佐竹はてんやわんやのようであった。

「こいつのいう通りに、ハンバーガーとおいなりさんを注文してあるんですが……あとはケーキと……オレンジジュースと……そんなものでいいでしょうかね」

母親のいない家庭であった。

友達を招いても、母親の手作りというわけには行かない。

もっとも、最近は大方の家が、有名店から調理したものを取りよせて、子供の客をもてなすことが多くなっていた。

「それで充分すぎるくらいだと思いますけれど、もし、よろしかったら、私、よくパリで、綾子の誕生日に作ったものがございますの、当日、お持ちしますから……」

スープと果物だと内容を説明して、永子は佐竹にコーヒーカップがいくつあるかをたずねた。

「客用のは、たしか二組ぐらいあります」

「でしたら、それをおかりしますわ」

タオルの店の帰りに、永子は材料を買った。

翌日は朝からコーンのクリームスープと、夏みかんのバスケットに、苺やバナナやパイナップルなどの果物を小さく切ってシロップにつけておいたのを盛り合せた。

前の晩から準備しておいたから、時間はいくらもかからない。

日曜日で留守番役は邦夫だった。

タオルの店も休みである。

十時に、永子はスープの入った鍋と、果物のデザートを入れた箱を持って、青山の佐竹のマンションへ出かけた。

荷物があるので、タクシーにしろと夫からいわれ、その通りにしたのだが、マンションの少し手前にタクシーをとめて、金を払っていると、マンションの玄関から男と女が出て来た。

女はピンクのブラウスに白いパンタロンスーツで、歩道のすみに立って、タクシーの空車へ手をあげている。

永子がはっとしたのは、その女と並んでいる男が、比呂子の夫の笠田行一だったことである。

薄手のフラノの上着に、派手な格子のシャツを着ている。

ポケットに片手を入れて、女の横に並び、もう片方の手は軽く女の肩へ廻されていた。

かなり親しげな恰好であった。

タクシーが止り、女が先に、行一が続いた。

「ママ、どうしたの」

綾子に声をかけられて、永子は我に返った。

綾子には、行一がみえなかったらしい。

「ごめんなさい。ママ、ぼんやりしてしまって……」

マンションの玄関を入ると、綾子がエレベーターのボタンを押す。

たしかに、行一はこのマンションから女連れで出て来た。

行一の妻の比呂子は、勝江や保子と温泉へ行っていて留守の筈であった。

行一の連れの女は、正体がつかみにくかった。歌手やタレントのようでもないし、水商売の女にもみえない。

行一の仕事柄、そういった女性とつきあいがあっても不思議ではなかった。

どちらかといえば、派手な性格のほうらしい。

それにしても、時間が奇妙だった。

午前十時である。

仕事に女を迎えに来たのかとも思った。芸能人には日曜も祭日もない。

おそらく、それに違いないと、自分を納得させて、永子は佐竹のマンションの部屋へ行った。

「申しわけありません。折角の日曜なのに」

ドアは佐竹があけた。

エプロンを佐竹がかけている。

「みちるがかけろというんです」

ポパイの漫画のプリントがしてあるエプロンが、男の佐竹がつけるとユーモラスであった。

身仕度は勇ましいが、台所はてんやわんやである。

「お手伝いさせて頂きますわ」

もともと、そのつもりで来たのであった。

鍋をガス台にのせ、デザートは冷蔵庫へ入れた。

別に用意して来た、かわいい紙ナプキンや箸を出して、テーブルの仕度をした。

十一時には、子供達が到着する。

佐竹はハンバーガーといなりずしを取りに出かけた。

その間に、永子は持って来たタオルでおしぼりを作り、スープをあたためる。

佐竹が戻って来た時には、万事、食卓が出来上っていた。

ハンバーガーをオーブンであたためる中にスープを出し、いなりずしを大皿に盛ってテーブルにのせる。

たのしい食事がはじまっていた。

パーサーという職業柄、佐竹のサービスも堂に入っていて、子供達は珍しい父親サービスに大喜びしているようであった。

デザートのフルーツポンチも、子供達には好評であった。

食事が終ると、佐竹が子供達を連れて、近くの代々木公園へ遊びに行った。

三時に帰って来た時には、テーブルには新しいおしぼりとジュースとケーキが用意されている。

子供達は四時半まで遊んで、佐竹に原宿の駅まで送ってもらって帰った。

洗いものも後片付けも永子は手が早かった。佐竹が走って戻って来てみると、もう、部屋まで掃除機がかかっている。

「ありがとうございました。こんなにして頂いて……一人じゃ、今頃、ひっくり返っていましたよ」

みちるが満足しているのが、佐竹には余程、嬉しかったらしい。

「昨夜もパパ一人で大丈夫かって、さんざん念を押されましてね」

綾子を連れて帰る永子を、佐竹はみちると一緒に玄関まで送って来た。

エレベーターの前で挨拶をしていると、女が玄関を入って来た。

ピンクのブラウスに白いパンタロンの、あの女である。

一人であった。

エレベーターへ乗って、上って行く。

「今の方、こちらにお住いの方でしょうか」

思わず、永子は訊いていた。

「ええと……」

佐竹が考えていると、みちるが答えた。

「三階の吉村さんの小母ちゃまよ。レコード会社におつとめなの」

外出がちの佐竹よりも、みちるのほうが同居人にはくわしいらしい。

「いつか、漫画のレコード頂いたわ」

「御存じですか」

永子は慌てて首を振った。

「いいえ、あんまり、おきれいだったので」

綾子と、マンションの前からタクシーに乗った。

佐竹はみちると手をふっている。

タクシーは少し走ってUターンした。

方向が逆だったのである。

「まだ、みちるちゃんがいる……」

綾子が窓からのぞいていった。

永子も、そっちをみた。

再び、眼をこらしたのは、ちょうど、みちると佐竹の立っている前を、大きな紙袋を持った笠田行一がマンションの玄関へ入って行くのがみえたからである。

永子は茫然とした。

女が一足先に帰り、男は明らかに食品の包みらしいのを持って、あとから入って行く。

レコード会社につとめている小母ちゃまといったみちるの言葉が浮んだ。

とすると、女は行一の同僚なのだろうか。

それにしても、午前十時に一緒にマンションから出て行き、夕方に再び、前後して帰ってくるという二人の間柄を、どう判断したものだろうか。

ためらって、結局、永子は夫にその話をしなかった。

軽はずみな報告はしたくなかった。

人間、なにかの理由で、誤解を受けても仕方がないような状況に立たされることは、決してないとはいえない。

七日ほどで、勝江と保子は帰って来た。

比呂子も一緒である。

「行一さんって、まめな人だわね。比呂子のマンションへ寄ったけど、台所もきちんとしているし、洗濯でもなんでも、ちゃんと一人でやってあるのよ。うちの歿《なくな》ったお父さんなんか、一日留守にしたら、汚れもので家中が一杯になってたわ」

時代は変ったと勝江が報告するのを、永子は複雑な気持できいた。

翌日、比呂子は百合を連れてやって来た。夕食もこっちですませるという。

「いいのか、行一君は……一週間も留守にしていたんだから、今日あたり、腕によりをかけて旨いものでも作ってあげるべきじゃないのかい」

邦夫がいい、

「出張なのよ」

比呂子がつまらなそうに答えた。

「大阪へ行ったわ」

「日帰りか」

「明日、帰るんですって」

「仕方がありませんよ、あんただって留守をしていたんだもの、一日ぐらいお仕事で出かけたって……」

勝江がいって、話が行一の仕事へ移った。

「毎晩、遅いのよ、宴会も多いし、おかげで夕食の仕度しなくていいから助かるけど

「……」

比呂子は盛んに不平を並べた。

「日曜ぐらい、兄さんのように、百合と遊んでくれるといいんだけど……」

「日曜も会社へ出るのか」

「まさか。ゴルフとか、おつきあいよ」

「大変だな」

普段でも帰宅は一時、二時だと、こともなげに話している比呂子を、永子は不安な気持で眺めていた。

「男の人は仕事が第一だから……」

勝江は、むしろ、娘聟の働きぶりを賞めていた。

「マイホーム亭主では、出世はしませんよ」

「お前、行一君の帰るまで起きているのか」

母親を無視して、邦夫が訊いた。

「寝ちゃうわ、起きているとわずらわしいって、彼がいうの。あたしは朝、百合が学校へ行くので起きなけりゃならないでしょう」

「そうですよ。つき合ってたら、体をこわしちゃいますよ」

勝江がまたしても、口をはさんだ。

春休みに、綾子はしきりにみちると電話をかけ合っては、一緒に勉強したり、遊んだりしていた。

佐竹の休日の時は、佐竹が二人を連れて、もっぱら、代々木公園へ行く。

「いつも佐竹さんにおまかせでは悪いな」

邦夫がいい出して、次の日曜日には、邦夫がみちるを迎えに行き、二人の子を動物園へ連れて行った。

夕方、帰って来て、台所にいる永子のところへやって来た。

「お前、佐竹さんのマンションに住んでいる吉村さんという女性に逢ったって……」

だしぬけにいわれて、永子は息を呑んだ。

「綾子が、あの小母さんなら、この前の日曜に、ママと逢ったっていうんだよ。名前は、みちるちゃんにきいたんだが……」

行一が、その女とマンションから出て行くのをみたと邦夫にいわれて、永子は絶句した。

「車を、あそこのガレージに入れていたんだ。地下のエレベーターから、行一君が女と出て来て、おいてあった車で出かけて行ったんだ」

むこうは、邦夫に気がつかなかったという。

「どうも、二人の様子が普通じゃないようにみえたんでね」

「あなた……」

迷いながら、永子は夫を寝室に呼び、この前の日曜に目撃した行一とその女のことを打ちあけた。

「どうして、もっと早くにいわなかったんだ」

「だって、誤解ということもあるでしょう」

「ただの仲じゃないな」

邦夫は腕を組んだ。

「比呂子はおそらく、気づいていないだろう。あの、のんき者が……」

「比呂子さんに、おっしゃるんですか」

「いや……下手に話したら、とんだことになりかねないからな」

ただの浮気ならいいと邦夫は考えているようであった。

「バアやクラブの女なら、まだいいんだ。同じ会社につとめているというのが、気がかりだな」

それは永子も同感であった。

下手をすると、保子と逆の立場になりかねない。

「あいつ、保子の時に、えらそうなことをいいやがって……」

口では比呂子のことを、そんなふうにいいながら、邦夫はやはり妹の立場を案じているようであった。

それにしても、ただの浮気ならかまわない、女房に知られない中に別れてくれればと思っている邦夫に、永子は僅かながら抵抗を感じた。

夫は、自分も女房に知られない浮気ならかまわないと考えているのだろうか。

錯乱

A

笠田行一に逢って、それとなく訊ねてみようといいながら、邦夫には、なかなか機会がないようであった。

一つには、下手に口を出して、行一の気持をかたくなにさせてはという、男の配慮もあるらしいので、永子は、その問題に自分からは触れないようにしていた。

邦夫も、自分の目撃した事実を、どう判断するか、多少、迷っている様子であった。

「芸能界は、少々、変っているからな」

行一の勤めているレコード会社は、芸能界と密接な関係にある。従って、男女の交際にも、独特の雰囲気があるのではないかと邦夫は考えている。

「実際は、そんな仲でもないのに、派手にフランクにふるまうという傾向があるのかも知れないな」

邦夫がそんなことをいい出す気持の裏には、妹のために、現実を少しでも楽観しようとする本能的なものが動いている。

そうこうする中に、四月であった。

永子にしても、毎日の生活はあったし、タオル店での仕事もある。

比呂子夫婦のことが気にならないではなかったが、日常の繁多に追いかけられていた。

新学期がはじまって間もなくの金曜日の夜であった。

木村家では、邦夫だけが、まだ帰宅していなかった。

朝、出勤の時に仕事のつきあいで遅くなるといわれている。

綾子はとっくに眠ってしまっていて、永子は茶の間でつくろいものをしていた。

風の強い夜で、雨戸が時折、激しい音を立てて揺れる。

玄関のベルが鳴って、永子は急いで出て行った。

邦夫が帰宅したのかと思ったのだが、戸口のむこうから、比呂子の声がした。

「あたし、開けてよ」

声の調子がおかしいと思いながら、永子は戸を開けた。

風と一緒に、比呂子が玄関へ入って来た。

永子にはなにもいわず、乱暴にサンダルを脱ぐと、大声で母を呼びながら上って行った。

比呂子がネグリジェにガウンを着ていたのに、永子は仰天した。

たいして遠くはないし、夜のことだが、それでも、ネグリジェにガウンという恰好で、商店街を抜けて来たのかと思う。

慌てて、玄関を閉め、茶の間へ戻ると、二階から比呂子が下りて来た。

普段、お洒落な彼女が、髪をふり乱し、お化粧っ気のない顔で、べったりすわり込んだのは、それだけでも異様な雰囲気である。

比呂子に呼び起された恰好で、寝巻の上に羽織をひっかけた勝江と、少し遅れてロングスカートにセーターという恰好の保子が茶の間に入ってくる。

「どうしたのよ、比呂子、こんな時間に……」

「大方、夫婦喧嘩でもしたんでしょう。姉さん……」

勝江と保子が同時に声をかけると、それがきっかけのように、比呂子は叫び出した。

「行一に女がいたのよ。あたしを欺して、浮気して……あたし、死んでやるわ、行一への面当てに、青酸カリでも飲んでやる……」

永子は、どきりとして、立ちすくんだ。

佐竹のマンションから出て来た笠田行一と女の姿が瞼の裡をかすめる。

「落ちつきなさいよ、姉さん」

保子が姉の肩を叩いた。

「いったい、どこの女なの。クラブ、それともキャバレー、まさかタレントじゃないんでしょうね」

つい、この間、妻子のある男の子をみごもって、狂気のようにとり乱したことなど、けろりと忘れた顔で、保子は姉の隣へすわり込んだ。

「行一と同じレコード会社のプロデューサーをしている女よ。吉村志津っていう女なの」

吉村志津、と勝江が呟くのをきいて、永子は、途方に暮れた。

「会社の同僚……」

保子が、ちょっとひるんだ。

水商売の女でなかったことが、ショックのようである。

「本当に、その女と義兄《にい》さんがおかしいの」

「間違いないのよ、今日、美容院で仲よくしているタレントの皆川ひでみからきいたのよ。随分、噂になっているけど大丈夫かって」

比呂子は華やかなことが好きで、夫の関係で知り合いになった歌手やタレントと個人的につき合っているし、美容院や洋服屋も、とかく、彼女達が常連になっている店を紹介してもらっていた。

「行一さんはもてるから、皆さんが面白がって噂を立てるんじゃないのかい」

母親は、いくらか眠そうであり、わずらわしげでもあった。

「行一を問いつめて白状させたのよ」

苛立たしげに、比呂子は喚いた。

「白状したの」

と保子。

「そうよ、吉村って女の人がたずねて来て、なにもかも話したって、かまかけたら、一ぺんで白状したわ」

「本当に訪ねて来たの、その女が……」

「かまかけたっていってるでしょう。そうでもいわなけりゃ、白状するわけないもの」

玄関のブザーが鳴って、永子はとんで行った。

邦夫の背後に行一が面目なげに小さくなっている。

「比呂子、来ているか」

邦夫が訊き、永子がうなずいた。

「たった今……」

奥から勝江が出て来た。

「行一さん、いったい、どういうことなんですよ」

行一のかわりに、邦夫が母を制した。

「そこで、行一君と逢ったんです。大体の話はきいて来ました」

まあ上りなさいと、邦夫がいい、行一が靴をぬいだ。

保子が出て来た。

「どうする、姉さん、行一兄さんに逢いたくないってよ」

「逢わないで話が出来るか」

邦夫が叱りつけ、茶の間へ入った。

行一と、家族がぞろぞろとそれに続く。

比呂子はみんなに背をむけていた。

なにもいわない。

「行一さん、あなた、本当なんですか、同じ会社の女の人と……」

勝江がいい、永子はお茶の仕度のために台所へ立って行った。

「申しわけありません。魔がさしたんです」

くどくどと行一が弁解し、比呂子が声をあげて泣き出した。

綾子が眼をさますのではないかと、永子ははらはらした。

狭い家だし、野中の一軒家というわけではなかった。

比呂子は隣近所への配慮もないようである。

相手の女が、吉村志津というレコード会社のプロデューサーで三十二歳になるということを、おろおろした態度で行一は告げた。

「一緒に仕事をしていて、単なるよい友人だったんですが、酔った時に介抱してもらって……つい……」

もののはずみだと必死で陳謝した。

「勿論、家庭を破壊するつもりはありません。折をみて、別れるつもりでした」

そうきいて、邦夫は、ほっとしたようであった。

「比呂子もいけなかったんですよ。もう少し、行一君を理解して、亭主を大事にしないと……女房の座に安心しすぎていたのが間違いだな」

比呂子が壁をむいたまま、叫んだ。

「あたしは悪くないわ、あんまり変なこといわないでちょうだい」

「夫婦のことは、夫婦に責任があるんだ」

邦夫は妹をたしなめた。

「行一君は、女と別れるといっているんだ。夫婦のことは夫婦で話し合って解決しなければ、いけないんだよ」

行一と一緒に帰るよう、邦夫は説得したが、比呂子は石のように黙り込んだままである。

「今夜は、ここへ泊めてやってよ、比呂子だって、そうすぐには釈然としませんよ」

勝江がいって、とにかく、今夜は比呂子を泊めることにした。

「それじゃ、僕は帰ります。マンションには百合が一人ですから……」

そういって、行一は、悄然と帰って行った。

「お前にしてみれば口惜しいのはわかるが、男の浮気なんだ、さわぎ立てるばかりが能じゃない。この際、行一君はあやまっているのだから、お前も自分の悪いところは反省して、許し合うようにしなければいけないよ」

邦夫は妹に諄々と説いたが、比呂子は、

「あたしは悪くないわ、被害者ですよ」

と泣き叫ぶだけである。

「とにかく、もう寝ましょうよ。二時ですよ」

勝江が、あくびをして、永子は二階に比呂子のために客布団を敷いた。

比呂子は風呂へ入り、やがて二階へ上って行く。

「大丈夫でしょうか」

夫婦の寝室へ入ってから、永子は夫にいった。

「まあ、単なる浮気だと、行一君もいっているんだ、雨降って地固まるになってくれるといいがな」

夫は割合、のんきに考えているようであった。

「相手の女も、行一君に妻子のあることはわかっているんだ」

行一が女と別れ、家庭に戻れば、もとの平和が来ると、邦夫は期待している。

永子は不安だった。

一度、夫婦の信頼がこわれたら、それを許し、おたがいの気持を元へ戻すには、容易でない努力と辛抱が必要な気がする。

夫と妻が、おたがいを必要とし、心から愛し合ってでもいなければ、復旧は難しい筈であった。それでなければ、世間体や生活のために、妻があきらめて、夫を許すかである。

比呂子の場合は、どうも、後者になりそうな気がした。

それだと、夫婦に救いがない。

自分は潔癖すぎるのだろうかと、永子は思った。

もしも、邦夫が自分以外の女を愛したとしたら、どうするだろうと思い、永子は怖しくなった。

子供がいて、日々、平穏な家庭があるからと安心は出来なかった。いつ、何時、平凡な生活をおびやかすものが襲ってくるかわからない。

翌朝、邦夫が出勤して行く時、比呂子はまだ、寝ていた。

「朝方までねむれなかったらしいのよ」

無理もないと、勝江が娘を弁護した。

「くれぐれも、比呂子に自重するようにいって下さい。家庭を大事にしたかったら、あまり行一君を追いつめないことだ」

母親にいいおいて、邦夫は出勤して行った。

比呂子が起きて来たのは、正午すぎであった。

「人を馬鹿にしているわ、女房子のあるのを承知で、人の亭主に手を出すなんて……」

比呂子の怒りは、いつの間にか夫から相手の女にすりかわったようであった。

「女の敵は女だっていうけれど、本当だわね、許せないわ」

つい最近、自分の妹が、女房子のある男と恋愛をしたことを、比呂子は忘れてしまっているようであった。

永子は、タオルの店へ電話をして休ませてもらっていた。

なんにしても、義妹は被害者なのだから、或る程度は周囲がいたわり、なぐさめてやらなければと考えていた。

永子が作った午食を、比呂子はゆっくり時間をかけて食べ、それから暫く考え込んでいた。

気分転換をさせようと思って、なにか話しかけても返事もしない。

「そっとしておいてやってちょうだい」

勝江は永子にもいい、腫れ物に触るように娘をもて扱っている。

夕方になって、永子はマーケットへ買い物に行った。

「ママ……」

スーパーを出たところで、綾子と逢った。

綾子の小学校は五日制だが、この土曜日は新一年生の歓迎会があり、そのあと、この四月から通いはじめたピアノ教室へ寄って来たらしい。

「お帰りなさい」

歓迎会はどうだったと話しながら、母と子の歩いて帰る道に、桜の花片が風に吹かれて来た。

帰宅してみると、比呂子がいない。

勝江も保子も、いつ、比呂子が出て行ったのか知らなかったという。

「マンションへ帰ったんじゃないかしら。百合も学校から帰る時間だろう」

勝江がいい、保子もそれに同意した。

しかし、比呂子は、自分のマンションに帰って行ったのではなかった。

B

翌日の日曜日、勝江と保子がデパートへ出かけて行ってすぐに、行一が蒼白になってやって来た。

「比呂子が、吉村志津さんのところへ、どなり込んだんです」

昨日の夕方のことで、そのあと、比呂子は自分のマンションに帰って、なにくわぬ顔をしていた。

「比呂子がなにもいわないので、僕は今日、吉村から電話がかかってくるまで、知りませんでした」

「いったい、比呂子は、なにをいったのか」

邦夫も、あっけにとられた。

「いろいろです。別れてくれとか、お前のような女は殺してやるとか、そりゃあひどいことを二時間に渡って並べ立てたようなんです。それで、志津は逆上してしまって、薬を飲んだんです」

睡眠薬で自殺を企てた。

「薬を飲み、ガスをひねったのが、臭いが外へ洩れて、近所がさわぎ出し、結局、それで発見されて、病院へ運ばれたらしいんです」

行一の口調には、明らかに妻を非難する気配があった。

「こんなことにならないように、比呂子には俺を信じて、まかせてくれ、必ず善処するといったんですが……」

「馬鹿な奴だ。自重するようにと、あれほどいっておいたのに……」

邦夫も唇を噛んだ。

「吉村さんがそんなことになったのを、比呂子は知っているんですか」

「マンションに電話がかかってきて、比呂子が出たんです。比呂子は、知らせてきた吉村志津の妹に、身から出た錆《さび》だ、いい気味だといったんですよ」

流石に、行一は立腹したようであった。

「たしかに、今度のことは、僕が悪いんです。けれども、正直いって、比呂子にも愛想がつきました」

感情的になって、行一は愚痴をこぼした。

「兄さんの前ですが、比呂子は決して妻として立派な女じゃないんです。家事はきらいだし、料理も下手で、僕に対してだって、妻らしい心づかいをしてくれたことはありゃしません」

仕事で夜更けて帰ってくると、いつも寝てしまっていて、

「それも、子供がいて、朝が早いからというなら許せます。朝はいつでも、僕が起きて、百合に食事をさせて、学校へ出してやるんです。比呂子は低血圧だといって、決して起きやしないんです」

たまに、夜起きてテレビをみながら待っているかと思うと、必ず口汚く罵った。

「今までなにをしていたとか、どうせバアの女と浮気でもしていたのだろうと、ひどい時は、服をひきちぎって、僕の体を調べようとしたこともあるんです」

そういう時の比呂子はヒステリックで、手がつけられなくなった。

「身におぼえのないことを責められれば、浮気の一つもしてやろうかという気になりますし、だんだん、家へ帰るのが、いやになります」

だから、吉村志津に惹《ひ》かれたのだといいたげな行一であった。

「とにかく、僕はこれから病院へ戻ります。マンションには当分、帰りませんので、よろしくお願いします」

生活費は給料も全部、渡しているし、貯金もある筈だからといい、行一はそそくさと出て行ってしまった。

「まずいことになったな」

怒りを抑えて、邦夫がいった。

行一の言い分は、勝手に違いないが、

「男というのは、一つ、感情がこじれると意地になるものだ」

マンションの比呂子がどうしているかと夫婦でみに行ってみると、これはこの前と同じくネグリジェにガウンをひっかけて、髪もとかさず、化粧もしないで不貞寝《ふてね》をしている。

百合がぽつんとテレビをみていた。

パンやケーキの食べ散らしたのが、テーブルの上にある。

「どうして、そう思慮分別のないことをやるのだ。これ以上、面倒なことになって、別れ話に発展したら、どうするんだよ」

兄に叱られても、比呂子はうそぶいていた。

「別れてもいいわ、慰謝料をふんだくってやる……」

「そんな単純な問題じゃすまないぞ」

「かまいませんよ。行一がその気なら……」

三十分も話をしている中に、実の兄が腹を立てた。

「俺は知らんぞ。この先、どうなっても」

「ええ、おかまいなく」

毛布をかぶってしまう。

「とにかく、帰ろう。こんな奴にいくらいっても仕方がない」

百合が腹をすかせているようなので、家へ連れて行くことにした。

「あなた……」

マンションを出てから、永子はそれまで考えていたことを口に出した。

「私、吉村さんとおっしゃる方の入院先へお見舞に行ってきてもよろしいでしょうか」

吉村志津の病状も知らねばならないし、

「行一さんに逢って、なんとか気持をやわらげてもらうように話してみます。このままだと、とんだことになりかねませんわ」

「そうしてくれるか」

邦夫も同じ不安を持っていたらしい。

「行一君も、お前なら肩ひじを張らずに話してくれるかも知れない」

それにしても、吉村志津の入院先がわからなかった。

行一は、なにも知らせてくれない。

「佐竹さんにうかがってみましょうか」

ガスが洩れて、救急車が来て吉村志津を運んだのである。

同じマンションの住人は、事件を知っている。

「管理人さんに、うかがってみても、多分わかると思います」

「みっともない話だが、止むを得ないな」

大通りで夫と別れ、永子はタクシーで青山へ行った。

マンションの管理人室を訪ねたが、留守で誰もいない。

止むなく永子は公衆電話で佐竹の部屋へ連絡をとった。

佐竹は部屋にいた。

「散らかしていますが、どうぞいらして下さい」

そういわれて、永子はエレベーターで上った。

佐竹は一人だった。

「姉夫婦が箱根の別荘へ昨日からみちるを連れて行ってくれているんです。夜には帰りますが」

佐竹自身は勤務で、さっきフライトから帰って来たばかりとのことであった。

「お疲れのところを申しわけありません」

佐竹に、なんと事情を説明したものかと、永子がためらっていると、佐竹のほうから先ぐりした。

「失礼ですが……もし間違っていたら、あやまります。このマンションに居る吉村さんのことで、おみえになったんじゃありませんか」

先刻、帰って来て、吉村志津という女性が昨夜、自殺未遂をしたらしいという話を、隣の人からきいたという。

「僕は留守にしていて、事件そのものは知りませんが、この前、エレベーターのところで、吉村さんのことをおききになったでしょう」

佐竹みちるの誕生祝いの日であった。

はじめて、このマンションに出入りしている笠田行一を目撃し、その連れの女のことを佐竹にそれとなく訊ねたのを、佐竹は憶えていた。

「あのあと、それとなく吉村という人の噂に気をつけていたんです。彼女のところに、男性が出入りしているときいて……」

永子の夫でないのは、すぐわかった。

木村邦夫の顔を、佐竹は知っている。

「実は、恥をお話し申しますが、主人の妹の夫ですの」

小さく答えた永子に、佐竹はうなずいた。

「そうではないかと思っていました」

「今まで妹は気づかなかったのですが……」

出来れば、妹の耳に入らない中に、問題を片づけたいと考えていたのが、比呂子の知るところとなり、トラブルが表面に出たと、永子は打ちあけた。

「主人のいいつけで、お見舞に参りますのですが、病院がわからなくて……」

それだけで、佐竹はすぐ隣家へ出かけて行った。

「四谷のK病院だそうですよ」

手早く上着を着て、車のキイをとった。

「お送りしましょう」

「いいえ、タクシーで参りますから……」

「どうせ、ひまです。みちるが帰るまで、ひまをもて余しているわけなので……」

固辞する永子にかまわず、部屋を出た。

エレベーターで駐車場へ下りながら、

「なにか、お見舞をお持ちになるなら、この先に花屋がありますが……」

そういうところは気のつく男であった。

店の前へ、佐竹が車をつける。

永子は花屋へ寄ってフリージアを買った。

日曜のことで、病院まで十五分もかからなかった。

「大変ですね。行ってらっしゃい」

車から下りて、佐竹は永子へ、いたわりのこもった眼をむけた。

受付で訊ねると、吉村志津の入院している部屋は五階であった。

病院の匂いの中を、永子は少し緊張して病室へ上って行った。

ドアを軽くノックすると、

「はい」

静かな返事がして、若い女がドアをあけた。

二十そこそこだろうか、学生のような印象である。

「どなたさまでしょうか」

永子をみつめて不思議そうに訊く。

「私、笠田の義理の姉に当ります。ぶしつけではございますが、お見舞にうかがいました」

遠慮がちにいうと、病室から女の声がした。

「光っちゃん、こちらへ入って頂いて……」

若い女が、永子をみつめて、低く、

「どうぞ……」

と招いた。

個室であった。

枕許に果物の籠はあったが、花はない。

入って来た永子を、吉村志津は意外そうに眺めた。

「行一さんの義理のお姉さまですか」

はっきりした声であった。

「主人の妹が、笠田へ嫁いで居ります」

病人へ丁寧に頭を下げた。

なんといってよいかわからなかった。適当な言葉が思いつかない。

「わざわざ、ありがとう存じます」

吉村志津は、永子に目礼した。

「ちょっとイメージが狂って、びっくりしましたの。行一さんの奥様を考えていたものですから……」

苦笑したのは、比呂子と永子を無意識に比較しているらしい。

ドアがあいて、行一が入ってきた。ケーキの包を持っている。

「義姉さん……」

永子をみて、驚いた。

「ごめんなさい。さし出がましいとは存じましたのですが、お見舞に参りましたの。いろいろ、心配だったものですから……」

くちごもったのに、志津が答えた。

「申しわけありません。私が悪いんですわ。義妹《いもうと》さんに、なんといわれても仕方のない立場ですし……」

「志津……」

行一がさえぎった。

「義姉さん、ちょっと……」

永子は、ベッドの志津にもう一度、頭を下げて、病室を出た。

「お花をどうも、すみません」

廊下へ出てから、行一は礼をいった。

「お気を悪くなさらないでね。主人も私も、不安だったものですから……」

「ええ……、百合、どうしています」

行一の気がかりは娘のことのようであった。

「今夜は私どもであずかることになると思いますの」

「お願いします。僕は当分、病院から会社へ通いますので……」

「吉村さんのお具合、どうなのでしょう」

「発見が早かったので……思ったより早く元気になっています。しかし、精神的には、かなり参っていますので……ついていてやりたいんです」

「比呂子さんも参っていますわ」

行一がうなずいた。

「近い中に、一度、話し合います」

「百合ちゃんのこともありますし、よろしくお願いします。なんといっても、女は夫がたよりなのですし……」

行一が比呂子との離婚を考えるのが、恐しかった。

「比呂子、なにかいってましたか」

行一が訊ねた。

「私には、なにも……ただ、本当に悲しそうで……かわいそうでした」

そう、いいつくろうより仕方がなかった。

いつでも別れるとうそぶいているとは、とてもいえたものではない。

「吉村さんには申しわけありませんが、なるべく早く、マンションへお帰りになって下さい。私どもで出来ることはなんでも致しますから……」

「そうします」

行一が頭を下げ、永子はそこで別れた。

「吉村さん、くれぐれもお大事に……」

病院の玄関へ出てくると、佐竹が待っていた。

「帰るつもりだったのですが……」

待っていたことを、照れくさそうに弁解した。

「みちるのＰＴＡの会のことなど、ついでにうかがっておきたいことがありましたので……」

新学期がはじまって、父母の会が来週にはある。

「もし、御都合がお悪くて欠席なさいますのでしたら、私が先生のお話の内容を御連絡いたしますわ」

「もし、そうお願い出来れば……」

わざわざ、待っていて話すほどの用件ではなかった。

「お宅の近くまでお送りします」

佐竹の親切を拒む理由はなかった。

日曜のドライブというにしては、佐竹も永子も、まるで会話がはずまなかった。

佐竹の好意を、変に意識するまいと永子はつとめていた。

男と女の間に友情が成り立たないわけはない。

義妹夫婦の事件で、つらい思いをしている永子に、佐竹は、せい一杯、心を使ってくれているに相違ないのだ。

夫の留守

A

五月の連休も終った金曜日の夜、珍しく邦夫の帰宅が遅かった。

永子は、居間で綾子の給食袋の刺繡をしていた。

綾子が通っている私立小学校では、五日制だが、毎週月曜日を除いては給食がある。小さな袋にお箸とスプーン、バターナイフ、ナプキンを入れて持って行く。女の子の学校だけに、そうした小物には、母親の手作りの愛らしいものを持ってくる子が多かった。

「みちるちゃんのも作ってあげてね」

夕食のあと、布地をひろげた永子に、綾子は、そんなふうに友達へ気を使った。

「みちるちゃんの給食袋、もう古くなっているのよ」

「どんな感じのなの、今、使っているのは……」

「一年生の時、パパが買って下さったんですって……デパートで……」

綾子の話だと、よく旅行用の化粧品などを入れる袋物をみちるは給食袋として代用していた。

　男所帯では、それも無理はなかった。

「それじゃ、二つ作りましょうね」

　タオル地の袋に、刺繡の柄だけ、少し変えた。

　母の傍で宿題をしていた綾子も、やがて眠ってしまって、木村家の中は、ひっそりしていた。

　このところ、家庭内に暗い出来事が多かった。

　失恋して、子供を始末した保子は、その後、あまり体の調子がよくないらしい。愚図愚図しているし、比呂子の夫の行一は、まだ家を出たままであった。

　邦夫が帰宅したのは、ちょうど十二時であった。

「えらいことになったよ」

　出迎えた永子の顔をみるなり、いった。

「パリへ出張させられることになった」

「パリへ……」

「西田君が胃を悪くして、東京へ帰って手術をすることになったんだ」

　西田というのは、邦夫が帰国の際、パリの支店の代表責任者となった後任である。

「急のことだし、手術後一カ月もすれば、むこうへ復帰出来るというので、転勤にはならない」

といって、およそ一カ月余りを、代表責任者なしでというわけにも行かなかった。

「幹部も、いろいろ考えたらしいんだ」

ブラッセルの代表責任者の兼任にしてみたらどうかとか、ロンドン支店から誰かを出張させるとか。

「どの案もうまく行かないそうだ。そりゃあそうなんだ。どこだって手一杯で、むしろ、手不足なんだから、代表責任者を兼務するなんてことは不可能だ。誰だって、引き受けられるものじゃない」

結局、本社から出張という形で、誰かが行くことになったのだが、やはり、パリの事情に精通していて、その日から代理をつとめられるということになると、前任者の木村邦夫以外には適任者が見当らないということになって、

「重役から、なんとかしてくれといわれてしまったんだ」

およそ二カ月の長期出張ということになる。

邦夫が、いくらか途方に暮れているのは、自分自身のことよりも、むしろ、妹達の事情が心の重荷になっているためであろうと思われた。

「保子はとにかく、比呂子のところが困った……」

それと、決してうまく行っているとはいえない嫁と姑の間も、邦夫は気がかりらしかった。

「お前が孤軍奮闘することになりそうだからな」

夫にそういわれて、永子は苦笑した。

「でも、いらっしゃらなければならないのでしょう」

パリ出張のことであった。

「引き受けて来た。重役に折入ってと相談されては仕方がなかったんだ」

「私は大丈夫ですわ」

そういうより方法がない。

正直のところ、夫について、親子三人でパリへ行きたいようなものであった。

五月のパリは花が咲き、ブローニュの森は緑がむせるようである。

日本へ帰って来て以来の姑、小姑とのわずらわしい確執から逃れて、パリのさわやかな五月の風の中に立つことが出来たら……。

そう思う気持を、永子は抑えた。

出来ることではなかった。夫は出張であったし、綾子の学校もある。

現実は、いつでも重く、きびしいのが常であった。

「いつ、お発《た》ちになるの」

「西田君は来週早々に帰国する。出来れば、来週末には行かなければならないだろう」

「何日もないのね」

「すまないが、たのむよ」

「あなたこそ、大変だわ」

単身赴任であった。

食事や身の廻りの世話をする人はいない。

「ホテル暮しだから、なんとかなる。たった二カ月だ……」

西田が復帰するのが、七月とみて、

「うまくすると、俺が帰る頃、綾子が夏休みになるかも知れないな」

パリへ来ないか、と邦夫はいった。

「ドービルのほうへ行ってみよう」

「お金を貯めなくてはね」

「ボーナスが出るよ」

ささやかな夢が、せめてもの救いであった。

その夜は、久しぶりに夫も求めたし、永子もすぐに燃え上った。

二カ月も別れ別れに暮さなければならないことになって、夫婦は急に夫婦であることを確認し合いたくなっている。

発つ前に、邦夫は、なんとか行一と比呂子を元の鞘《さや》へおさめて行こうと努力しているようであった。

行一の愛人の吉村志津は、もう退院してマンションへ帰ったが、行一はそのまま、彼女のマンションで寝起きし、そこから会社へ通っている。

「比呂子のことは、とにかく、百合がかわいそうだとは思わないのか」

同じ年頃の子供の父親として、という邦夫の説得に、行一は涙を流したが、やはり、自宅へ帰るとはいわない。

「月給は全部、比呂子のほうに送ります。当分、それで勘弁して下さい」

自分の生活は、別にアルバイトのような形で収入があるので、それでなんとかすると行一はいう。

吉村志津は、事件以来、会社を辞めていたし、

「彼女に対しても責任がありますので……」

そういわれると、邦夫も引き下るより仕方がなかった。

それに、肝腎の比呂子は、反省の色もなく、相変らず、派手に遊び歩いているし、そんな娘を、

「かわいそうだよ。せめて、そんなことで気でもまぎらわさないと……」

と、母の勝江は、たしなめる様子もない。

慌《あわただ》しく、邦夫の出発の日が来た。

「当分、パパはお留守なのね」

綾子は、少し寂しそうだったが、お仕事なのだからと割り切ってもいるようであった。

「みちるちゃんのパパだって、年中、お留守になるんですものね」

もう二年生だと胸を張っている姿が、永子にはいじらしかった。

母一人子一人の生活なら、まだ、よかった。

なまじっか、姑と小姑の同居というのは、気が重い。

だが、永子はそう考えてしまう自分をたしなめた。

夫の母であり、綾子の祖母である。誰もいないよりは、一人でも二人でも、血の続いている家族があるに越したことはない筈であった。

金曜の夜に、邦夫は北廻りのパリ行の便で羽田を出発した。

永子は綾子を連れて、見送りに行ったが、会社関係の見送りの人々に挨拶をするだけで、夫婦らしい会話は、もう持てなかった。

帰宅すると、勝江も保子も、寝てしまっていて、永子は鍵をあけて玄関を入った。

綾子を風呂に入れて寝かせてしまうと、孤独が急に永子に襲いかかって来るようであった。

夫が乗った旅客機は、アンカレッジへ向けて飛んでいる。

結婚以来、二カ月も離れて暮すのは、今度が、はじめてのことであった。

心細さが身にしみるようである。

年甲斐もないと自分をたしなめながら、永子は、両手を顔にあてて、暫く泣いてしまった。

B

夫が居なくなった家庭は、今までと、なんの変化もなかった。

永子や綾子が寂しいのではないかという心づかいを、勝江は持たない。

勝江自身も、息子がパリへ行ったことに、なんの感慨もないようであった。

息子を気づかうというふうでもないし、

「この家も当分、寂しいわね」

というようなこともない。

「男の人は居ても居なくても同じですよ。居たところで、朝出て、夜帰ってくるだけなんだから……」

と荒っぽい考えであった。

永子としては、物足りないようで、むしろ、やりよかった。

たまには、姑と、パリに行った夫のことを、あれこれ、案じて話し合ったりしたいと思わないではなかったが、さばさばしている姑をみると、むしろ勇気が湧いた。

五月のなかばに、遠足があった。

神代植物公園へ行くということで、集合場所が新宿駅西口である。

小学校二年生のことで、そこまでは父兄が送ってくる子が多い。

永子は前夜に、佐竹のマンションへ電話を入れた。

お節介なことだったかも知れないが、みちるの弁当も一緒に作って行くつもりであった。

佐竹は、ちょうど帰宅したところであった。

「ありがとうございます。姉がなにか作るといっているのですが、みちるが、綾子ちゃんのママが作って下さるといいまして……」

綾子からみちるへ、よかったら、同じお弁当を作るからと、昼間、学校で話させている。

「いつも、御迷惑ばかりかけていますので……」

いいかけた佐竹の電話を横から、みちるがとったらしい。

「小母ちゃま、みちる、小母ちゃまのお弁当がいいの。綾子ちゃんと同じのが……」

傍で佐竹が、たしなめていたが、みちるは受話器を放そうともしない。

「小母ちゃまのほうは、迷惑でもなんでもないのよ。パパにどうぞ、ご心配なくって申し上げて下さいな」

一年近いつきあいで、もうみちるの好みも知っている。

一つずつ食べやすいようにラップに包んでリボンで結んだかわいいサンドウィッチや、薄焼玉子の中にチキンライスを包み込んだピクニック弁当を二人前、果物や野菜を色どりよく詰め合せたのを、一つは綾子のリックサックに入れ、もう一つは、手さげに入れて、永子は綾子と新宿駅へ行った。

ちょうど佐竹とみちるが原宿の駅から電車に乗り込むのがみえて、綾子が手をふり、父と娘は走って、永子達の車輛にとび乗った。

「よかったわ、途中でご一緒出来て……」

他の生徒のみているる前で、みちるのリックに弁当を入れるのはどうかと思っていたところだったから、永子はこの朝の出会いに、ほっとした。すばやく、綾子が親友のリックサックに母の手作りの弁当を入れてやる。

「申しわけありません。どうも、いつもいつも御好意に甘えるばかりで……」

おかげで、今朝は紅茶を作って水筒に入れてやるだけで、

「親子ともども、ほっとしました」

すっかり初夏らしい遠足日和で、佐竹は白いスポーツシャツに、グレイのスラックスという軽装であった。

シャツのボタンが一つ、はずれていて、胸に下げた男物のしゃれたペンダントがのぞいている。

なんでもないことなのに、永子はふと、眼を逸《そ》らせた。

男の肌が、パリにいる夫を思い出させるようである。

新宿駅の構内に集合した二年生は、先生方に引率されて、親たちへ手をふりながら、元気に出発して行った。

「これから、タオルの店へいらっしゃるんですか」

佐竹がきき、永子はうなずいた。

店が開くのには少し早いが、三軒茶屋の家へ帰ってでは間に合わない。

そう思って、掃除も片づけて出て来たのだ。

佐竹も原宿のマンションへ帰るので、道は同じであった。

再び原宿駅まで戻る。

「実は、ご主人とご一緒になりました」

アンカレッジからロンドンまでの区間を、佐竹が乗務したという。

「ご出張だそうですね」

「少し、長くなりそうですの」

パリへ出張の理由を簡単に説明した。

「パリは、いい季節でした」

乗務の間の休日に、友人とシャルトルまでドライブして来たと、佐竹は話した。

「シャルトルへいらしたことがありますか」

「はい、夏の終りに一度……」

もう秋の気配の濃くなった日だったと、永子は思い出していた。

見渡す限りの麦畑のむこうに、次第にシャルトルの塔がみえはじめて、それがぐんぐん近づいてくる。

「シャンボールの城もそうですね。城の正面の道を車で近づくと、両側の林がちょうど額ぶちのような感じで、真ん中に、シャンボールの城が浮び上ってくる。あの感じが、なんともいえませんね」

林が春の緑の頃と、秋の朽葉色の時と、同じシャンボールの城が、額ぶち次第でイメージが変ってくる。

「ええ、それは、私……本当にそう思いました」

どちらかというと、ロアール河の近くの古城は冬のほうが趣きがあるような気がすると、永子はいった。

「冬は、空が暗いせいか、お城が白く、くっきりみえますの。立体的な感じで……夏は、あたりが明るすぎて、薄ぼけてしまうような気がするんです」

「同感ですよ、全く、同感です」

原宿へ着いたが、タオルの店の開店には早すぎた。

「コーヒーでも如何ですか」

佐竹が、ちゃんと時計をみていて、永子を誘った。

この町の喫茶店は、もう開いている。

「よけいなことを、お話しするようですが、吉村さんが引越したのを御存じですか」

コーヒーが運ばれてから、佐竹がいった。

「いえ……」

永子は、あっけにとられた。

「僕も昨夜、帰って来て、お隣から知らされたんです。結局、あそこに居にくかったということでしょうが……」

それでは、行一は吉村志津と別れて、比呂子の許へ帰ったのであろうか。

「引越しには、男の方が手伝って、ライトバンで一緒に行かれたということですが……」

佐竹も、その程度しか知らないらしい。

「主人も、それだけが気にかかっていたようですので……」

願わくば、行一が妻子の許へ帰ってくれたのであって欲しいと、永子は思った。

「吉村さんには申しわけないのですが……」

「夫婦というのは、難しいものですね」

低く、佐竹がいい出した。

「男と女なのですから、愛し合ったとしても、なにかで憎み合うことがないとはいえない。その時点で結婚を解消するのは、簡単なことですし、自然だと思うんです。しかし、子供のことは、それでは片づきませんから……」

佐竹が自分のことをいっているのだと、永子は気がついた。

「妻は、もう男と同棲していますし、僕としても、二度とよりを戻す気持はないんです。それで、はっきりさせたいと思っているんですが、みちるのことが一つ、障害になってしまって……」

正式の離婚が出来ないという。

「奥様は、みちるちゃんをお引き取りになりたいとおっしゃるんでしょうか」

つい、永子は訊ねた。

妹夫婦のこともあって、他人事には思えない。

「いや、事実上、不可能なんです。玲子が同棲している相手は年下で、ちゃんとした職業を持っていませんから、生活は一切、玲子がみているわけです」

ファッション関係の仕事をしていると、佐竹はいった。

ミラノのニットの既製服などを中心に、むこうのファッションを仕入れて来て、売っている。

「店をかまえているのではなくて、知人というか、いわゆる、口コミの客が相手なんです」

仕入れのために、年中、外国へ出かけているし、

「かなり、いい客を持っているようですが、まあ、収入としては不規則なものですから」

みちるをひきとって生活するのは、無理だといった。

「みちるのためにも、いいとはいえません」

佐竹が、みちるのために養育費として、仕送りをしてやっても、

「今の状態では、玲子の商売の金に流れてしまうでしょうから……」

どちらかというと、家庭を守るよりも、外で仕事をするのが好きな女なのだ、と佐竹はいった。

「それはそれでいいのですが、子供のことを考えると……」

みちるをむこうへやる気にはなれないという。

「女の子には、母親が大事なことは、承知していますが……」

「みちるちゃんのお気持は、どうなんでしょう」

「まだ子供で……しかし、ママのところへは行きたくないと、はっきりいいます」

永子は少し動揺した。

夫婦が不幸にして離婚という時、大方の子供は母親を慕うものではないか、と永子は考えていた。

みちるが、ママのところへ行きたくないといっているというのは、母親としてショックである。

「つくづく、迂闊《うかつ》な気持で結婚したことを、後悔しています。人生、やり直しの出来ることと、出来ないことがあるのだということが、今になってわかるような気がしますよ」

九時五分前になって、佐竹は伝票をとって立ち上った。

「ご主人のお留守中、僕でお役に立つことがありましたら、ご遠慮なくおっしゃって下さい。いつも、お世話になるばかりで恐縮しているのですから……」

マンションへ帰って行く佐竹の長身に、朝陽がさしていた。

町は、すでに夏の気配である。

C

吉村志津の引越しを、比呂子は知らなかった。

行一も自宅へ帰って来ない。

「どうしよう、お母さん、行一、会社をやめてしまったのよ」

比呂子が血相変えてやって来たのは、遠足の翌々日の夜で、

「あたし、行一に逢いに会社へ行ったのよ。そうしたら、先週で退職しましたって……」

比呂子は、その足で原宿のマンションへかけつけて、引越しを知ったらしい。

「どこへ行ったのよ、吉村って女は……」

保子が訊いたが、

「わからないのよ。管理人も知らないって。夜、ライトバンで荷物をさっと運んじゃったんだって……」

「行一さんも一緒なのかい」

勝江が、おろおろした。

「きまってるでしょう。家へ帰って来ないんだもの」

ヒステリックに、比呂子がわめき出した。

「行一さんの実家へ電話してみたら……」

保子がいい出して、結局、電話は永子がかけることになった。

行一の生家は福岡で、両親はもう死亡し、長兄が家業の薬局を継いでいる。

なんといったものかと、言葉を考えながら、永子はダイヤルを廻した。

電話口には兄嫁が出た。

行一から、最近、連絡があったかと訊いてみたが、兄嫁は、なにも知らないらしい。

逆に、なにかあったのかと、問い返される始末であった。

永子は曖昧に電話を切った。

「知っていて、かくしているのかも知れないわ」

比呂子は、永子の電話を歯がゆがった。

「あたし、福岡まで行って来るわ」

それがいいだろうと勝江もいい、比呂子は永子に飛行機代を貸してくれという。

「行一さんから給料が来たんじゃなかったのかい」

流石に勝江が気がねをしたが、

「あんなもの、とっくに使っちゃったわよ」

と、にべもない。

翌日、比呂子は保子と一緒に福岡へ行ったが、日帰りで帰って来ての結果では、結局、なにも得るものはなかった。

行一の兄夫婦は、行一の居所を知らず、狂気のようになって、行一の非を並べたてる

比呂子に対しても、

「夫婦のことは、夫婦で解決せにゃあ」

と、比較的、冷淡であったという。

「どういうつもりなのかしら、会社もやめて、女とかけおちするなんて……」

比呂子がいったが、永子は、容易ならないことになってしまったと悟っていた。

男が職場を捨てるというのは、よくよくのことである。

「パリへ手紙出して、兄さんにいってよ」

比呂子がいったが、永子はうなずきかねた。

ピンチヒッターでパリへ行った夫が、どれほどの多忙の中にいるかは、およそ、想像が出来た。

筆まめなほうなのに、半月経った今も、綾子に葉書が一枚来ただけである。

パパも寂しいが、がんばっています。

綾子もママの力になって、夏休みまで
辛抱して下さい。

などという文面からしても、パリでの邦夫の仕事ぶりが眼に浮ぶようで、そこへ、又、家族のトラブルを耳に入れるのは、あまりにも心ない気持がする。

第一、知らせたところで、パリにいる邦夫に、どうしようもないことなのだ。

考えあぐねて、永子は、やはり、佐竹を訪ねた。

こういう時、力になってもらえそうなのは、彼ぐらいのものであった。

妹夫婦の事情も、大方、知っているから、話も早い。

「管理人は本当になにも知らないようです。しかし、運送屋がわかりましたから……」

流石に男で、忽ち、運送屋へ出かけて行って、吉村志津の引越し先をきき出して来た。

横浜であった。

翌日、永子は、勝江にも比呂子にも内緒でタオルの店を休み、横浜へ行った。

佐竹にだけは、昨日、別れる時、ともかく、明日、訪ねてみます、とだけ話しておいた。

午前中はよく晴れていたのに、東横線の桜木町で下車する頃から、風が強くなった。

天気の変りやすい季節である。

傘を持って来なかったことを、永子は後悔したが、なんとか降り出さない中に用事がすむかも知れないとも思う。

マンションは、港の見える丘公園の近くにあった。

古いマンションである。

表札には吉村としか出ていない。留守のようであった。

途方に暮れていると、たまたま買い物から帰って来たらしい主婦が声をかけてくれた。

「吉村さんご夫婦なら、元町の喫茶店で働いていらっしゃいますよ」

吉村さんご夫婦といわれたことで、永子は再び、心が凍った。

予期したことだが、はっきり他人からそういわれると、行一の気持がうかがわれるようである。

喫茶店を教えてもらって、永子はバスで元町へ行った。

喫茶店のレジに吉村志津の顔がみえた。

入って来た永子をみて、あっという表情になる。

「探したんです。行一さんに逢わせて頂けませんか」

小さく、永子がささやくと、志津は観念したように、奥へ行って、やがて、行一を連れて来た。

洗い場ででも働いていたような行一の恰好である。

「義姉さんじゃ仕方がないな」

そんなふうにいって、行一は店のすみへ永子を案内した。

店内は比較的、すいている。

「驚きました。会社をおやめになったことも、お引越しも知らなかったので……」

「やめなければならなくしたのは、比呂子なんですよ」

勿論、義姉さんは御存じないでしょう、といいながら、行一は怒りの色をみせた。

「会社へ来て、重役にどなり込んだんです。職場の同僚と不義密通してもいいのか、とか、別れさせてくれ、とか、一度や二度じゃありません。会社だけではなくて、マンションにも、やって来ては、あたりかまわず大声で僕らをののしるんです」

愛想もこそも尽き果てたと行一はいった。

「やめたくはありませんでしたが、志津も僕も会社をやめました。二人で話し合って、いずれ、喫茶店でもやろうということになって、今、見習中です」

零からの出発だと行一はいった。

「正直いって、資金もありません。これからは、比呂子に仕送りも出来ないと思います。必要もないと思っています。僕らをここまで追い込んだのは、比呂子なんですから……」

百合はかわいそうだが、自分達の生活のメドが立ったら、いつでも引き取るといった。

「志津は、比呂子がそうしろというなら、今でも、すぐ引き取るといっています」

勿論、比呂子とは正式に別れて、志津と結婚するつもりだといった。

「裁判になってもいいです。どっちみち、僕は、なにもかも、失ったのですから……」

永子は返す言葉もなかった。

そこまで行一が決心しているというのに、比呂子は憂さ晴らしに毎晩、友達と遊びまわっている。

「それも知っています。レコード会社の友人が教えてくれました。そういう女だから、二度と元に戻りたくないんです」

仕事中だから、といわれて、永子は席を立った。

今日はこのまま帰るしかなかった。

どっちにしても、行一の住所は確かめられたのである。
外へ出てみると、雨が降り出していた。
この商店街は車を通さない。
どっちへ行ったら、タクシーが拾えるのか地理不案内の永子には見当がつかなかった。
雨の中を走って行くと、ひょいと前に男が立ちふさがった。
佐竹である。
「車、むこうに停めてあるんです」
永子の腕をつかんで走り出した。
どうして、ここへ佐竹が来たのか、そんなことを考える余裕もなく、永子は走った。
佐竹が、永子を包むようにしてレインコートを着せかけた。

狂乱

A

永子が、横浜で雨に遭った際、たまたま、そこへ来たことに対して、佐竹守明は、自分も元町へ買い物に来たのだと説明した。

「僕は、結婚前から元町のワイシャツ屋でシャツを作っているんです」

独身時代は、横浜のアパートに居たこともあって、元町には馴染が深いと、佐竹はいった。

「永子さんが、横浜へいらっしゃるときいて、正直のところ、弟さんのことも気になりましたし……」

それとなく様子をみるつもりで、横浜へ来た。

「ちょうど、ワイシャツ屋で注文をして、出て来たら、あなたが走って来られるのをみつけたんです」

運がよかったと笑っている佐竹の言葉を、永子は感謝しながら、特に疑いもしなかった。

だが、それから間もなく、永子が働いている原宿のタオルの店へ、ひょっこり、本条恵美子が顔を出した。

永子とは高校から大学まで一緒だった親しい友人でもあり、今は、永子の娘の綾子が入学した、N女子大の附属小学校の教師をしている。

綾子がパリから帰って来ての編入試験の時も、なにかと面倒をみてくれた友人であった。

「この近所まで、用事があって来たのよ」

土曜日であった。

N女子大附属小学校は、五日制で、土曜は休みである。

「たしか、土曜日は三時まで、おつとめって、綾子ちゃんにきいたので……」

タオルの店での、永子の勤務時間であった。

ちょうど三時をすぎたところである。

「よかったら、お茶をつき合って……」

永子は承知して、帰り仕度をして裏口から外へ出た。

ぼつぼつ、梅雨の季節で、今日も朝から小雨が降っていたのだが、どうにか晴れて薄く陽がさしている。

雨上りの原宿の通りは、もう若者たちが集って来ていた。

ジーンズは、もうすたれて来たのか、女の子は小花模様のギャザースカートをはいているのが圧倒的に目立つ。

「ここでいいかしら」

比較的、静かな喫茶店をえらんで、永子は先に入った。

「相変らず、趣味がよくて、着こなしがうまくて、エレガントね」

向い合って腰を下し、コーヒーを注文してから、本条恵美子が、つくづくと永子を眺めた。

なんでもない白のシャツブラウスに、紺のスカートで、紺地のスカーフとベルトだけでアクセントをつけている永子なのだが、たしかに、恵美子が感嘆する優雅な垢ぬけた雰囲気が永子にはある。

「それがパリ仕込みってことかしら」

「とんでもない」

「お母さま方が、やきもちを焼く筈ね」

くすっと笑ったのが、学生時代の恵美子らしかった。

「あなた、横浜へ佐竹さんのお父さまと行って、雨に遭ったでしょう」

永子は、あっけにとられた。

「佐竹さんのお父さまが、永子さんにレインコートを着せかけて……そりゃあ、かっこよかったそうよ」

「いやだわ」

永子は赤くなった。

「横浜でお目にかかったのは本当だけれど、あれは偶然で……」

誰から聞いたのかと、驚いた。

「うるさいお母さま方がみていたらしいのよ。三年生のママでね。元町に買い物にいらしてて、たまたま、目撃したってことかしら。そのママが、たまたま、PTAの役員で、学校へみえててね、お母さま同士、あたりをはばからぬ大声で、あなたのこと喋っているから、廊下の通りすがりに、つい、耳に入ったってわけ……」

「あたしと佐竹さんのことを、なにか噂にでもしていたの」

「そこまでは、まさか、はしたなくて口に出来ないんじゃないの、あれでも、エリートの奥様方なのだから……」

「冗談じゃないわ」

「全く、冗談じゃないのよ。すべてのお母さま方がそうだとはいわないけれど、うちのPTAにも、無責任で、悪趣味で、人の噂が面白くて仕方がないという、いやな人種が存在するのよ」

「佐竹さんに申しわけないわ」

「そんなふうにいうと、又、かんぐられるのよ」

「横浜へ行ったのはね」

いくらか、ためらって、結局、永子は話した。

佐竹とつまらない噂を立てられたということで、心が昂《たかぶ》っていた。

「身内の恥になることだから、話したくはなかったのだけれど……」

事情を説明しなければ、佐竹が誤解されて迷惑すると思った。

佐竹との横浜での出逢いを釈明するには、どうしても、義妹夫婦の軋轢《あつれき》を話さねばならないことになる。

「そんなことがあったの」

本条恵美子は、いくらか眉を寄せ、永子をみつめた。

「あなたの家庭なんて、幸せを画にかいたようだろうと思っていたのに、人間、いろいろなことがあるものね」

「佐竹さんのお力を借りたのは本当だけれど、それが噂になるなんて、情ないわ」

怒りで蒼ざめている永子を、恵美子は、なだめるように苦笑した。

「だから、やきもちだっていったでしょう。二人とも、美男美女すぎるから……」

「冗談はやめて……」

「もう気にしなさんな。PTAのお母さま方のお喋りを気にしていたら、あたしなんぞ、とっくに教師をやめてるわ」

「不愉快だわ」

「耳に入れないほうがいいかな、と思ったのだけれど……私は私で、考えることがあったからよ」

が好きね」

「前から、そう思ってたんだけど……そうして、これはあなたの責任でもなんでもないし、全く、気を廻さないほうがいいと思うけれども……佐竹さんは、きっと、永子さんが好きね」

なにかいいかけた永子を制した。

「男と女のっていう意味にとらないで……人間として尊敬している……無理にいうなら、人妻として、あなたを愛してるってことかな」

「変なことをいわないで……」

「人妻として、あなたにけじめを持って、その上で、好意を持っているってことよ。いいじゃないの。別にモラルに反することじゃないわ」

「ひっかかるわ。あたしと佐竹さんは、子供同士が仲よしだから……」

「それでいいのよ。みちるちゃんのパパと、綾子ちゃんのママとして、おたがいに敬愛し、助け合っているのだから……」

「冷やかさないで……」

「まじめよ、男と女の間に友情が成立するとしたら、それは、おたがいが、厳しい自制心と、おたがいへの思いやりを持っているからだと思うけれど……」

「そんな小むずかしいおつき合いじゃないわ。もっと、さっぱりした、主人ぐるみの、公明正大なものなのよ」

「ええ、そうよ。ただ、あたしは友人として、少々のお節介もこめて、永子さんは、誰がみても、すごく魅力的な人だってことに、ご当人は案外、気がついていないみたいだから、あなたが不愉快がるのを承知で、噂を耳に入れたのよ」

本条恵美子は頭のよい女らしく、話題を見事に転じた。

学校の行事のこと、綾子の成績のこと、夏休みのこと。そして、鮮やかに別れを告げて去った。

友人の言葉の一つ一つを、永子は改めて考えてみた。

そこには、明らかに一つの忠告があった。

PTAのつきあいといい、子供や夫ぐるみの交際とはいっても、佐竹守明は男で、永子は女であった。

公明正大な交際を続けるためには、智恵と勇気とけじめが要るということを、本条恵美子は警告していったのであろうか。

永子は、自分の気持が揺れているのを感じた。

たしかに、佐竹の自分に対する好意には、気がついていた。

しかし、それは、あくまでも、永子や綾子に、みちるが世話になっているという佐竹の礼心だと思っていたのだが。

永子は、心の中で首をふった。

佐竹が、自分に特殊な感情を持っているわけがないと思う。

人妻で、母親であった。

若い娘ではないし、男心をそそるようなものを持っているとも思えない。

佐竹が安心して永子とつき合っているのは、いわゆる恋愛の対象にならない女だから
ではなかったのか。

そう気がついて、永子は心が軽くなった。

友人は、やっぱり、気を廻しすぎていると思う。

永子には、自分を過小評価する癖があった。

美人なのに、珍しく、うぬぼれるところが少い。

本条恵美子が警告した本当の意味は、その盲点だったのに、永子はやはり肝腎のところで、自分の魅力から眼を逸《そ》らしてしまっていた。

それは、或る意味で、女の狡《ずる》さだったのかも知れない。

B

行一と吉村志津が横浜にいることを、永子は、暫くの間、自分一人の胸にたたんでおこうと考えていた。

迂闊に比呂子の耳に入れては、分別のない比呂子が、又、とんでもないことをやりかねない怖れがあったからである。

しかし、比呂子は狂気のようになって、行一と、吉村志津の友人関係を訊ねまわって、

とうとう、二人のアパートも、働いている店もかぎつけてしまった。

その日から、比呂子の攻撃が、はじまったらしい。

連日、連夜、アパートと元町の店へ、比呂子はどなり込んだ。

店で働いている行一や志津の前で大声をあげてののしり、店長にも訴えた。

客がいようが、他の従業員がみていようが、比呂子はおかまいなしである。

夜は、夜っぴて、アパートのまわりをフライパンを叩いて歩き廻ったり、行一の部屋のブザーを鳴らしづめに鳴らしたりした。

もっとも、そういうことを永子が知ったのは、家宅侵入罪と暴行罪で比呂子が警察の厄介になってからである。

連絡を受けて、永子は横浜の警察まで、比呂子を迎えに行ったが、係官の比呂子に対する心証はあまりよくなかった。

警察でも、浮気した夫に味方をするのか、警察は不倫の人間をかばうのかといいたい放題に荒れ狂ったらしいし、行一のアパートの住人や管理人からも、いくらなんでも、非常識すぎる、あれではご主人が女を作って逃げだすのが当り前だと、警察へ近所迷惑の訴えも出ていた。

しかも、比呂子は、元町の店で働いていた志津のところへ押しかけて、なぐる蹴るの乱暴まで働いたという。

この事件をきっかけにして、行一のほうは弁護士をたのみ、離婚訴訟の反撃に出た。

比呂子のほうも、慌てて、友人の紹介してくれた弁護士をたてて、応戦したが、結果は比呂子に不利であった。

行一は、主として、比呂子の不倫をあばき出した。結婚前からつき合っていた男と、結婚後も、あやまちがあったことを、まず挙げ、ついで、比呂子の妻としての欠陥を並べ立て、結婚生活が絶望的であったことを訴えた。

「それでも、僕は百合という娘もあることですし、家庭を破壊する気持はありませんでした。吉村志津とのことにしても、二人は本当に愛し合っていましたが、妻子のことを考えて、別れる気になっていたのです。けれども、比呂子は僕や志津の仕事場まで押しかけて、我々の職を奪うような結果になりました。志津はマンションにも居られなくなって、それで、横浜に新しい住いをみつけ、職をみつけたのに、又しても、比呂子はそこへ押しかけて、我々の生活をぶちこわしました。もはや、情においても、比呂子のところへ戻る気はありません。百合はひきとって、僕らが育てます。比呂子には、今まで住んでいたマンションと僕の退職金と、もし、貯金があるなら、そのすべてを与えます。無一文になっても、比呂子と離婚して再出発したいとのぞんでいるのです」

行一は涙ながらに、調停委員に訴えて、どちらかといえば、こうしたケースの場合、妻に同情的な調停委員の気持が、決してそうではなくなったという。

もっとも、比呂子のほうも、派手に泣きわめいて自分の言い分を並べたが、行一のほうの弁護士は、次々に行一の申し立てを裏づける証人を出して、有利に裁判を進めて行った。

実際、比呂子が妻として失格な理由の一つに、貯金が皆無なことがあげられたが、行一の収入が、同年輩のサラリーマンとしては、かなり高いものであり、夫婦と娘一人の生活には充分すぎるほどだったのに、殆ど使い果してしまって、貯えらしいものはまるでなかった。

「とにかく、自重して下さい。こういう時は日常生活までが、とかく問題になるものですから……」

と、比呂子側の弁護士が忠告したにもかかわらず、比呂子はマンションにじっとしていることが出来ず、男友達と飲み歩いたりして、それが又、行一側の弁護士によって暴露され、いよいよ立場を悪くした。

比呂子の最後のよりどころは、百合であった。

離婚はしてもいいが、百合は自分が育てるとがんばることで、行一の気持を翻《ひるが》えそうとした。

だが、比呂子の主張を、行一側はあっさり認めた。

養育料として月々五万円を送ることと、もしも、比呂子が、母親の資格に欠けるような場合は、改めて、百合の親権を行一へ移すという条件つきで承知したのである。

比呂子は慌てた。

行一が、もっと百合に執着すると思ったのが、彼女の誤算であった。

比呂子の弁護士も、これ以上、争っても無駄だと考えているようであった。

調停委員も、弁護士も、比呂子によい感じを持っていなかった。それほど、比呂子の印象が悪かったし、不利な材料が揃いすぎていたのでもあった。

行一と比呂子の離婚は、ほぼ、間違いなく成立する状態にあった。

パリの、邦夫には、弁護士から詳細を知らせる手紙が行って、間もなく、

「残念だが、止むを得ないだろう」

という邦夫の返事が来た。

今後の生活のことは、帰国してから相談するが、当分は、心をしっかり持って、百合のためにも、良い母親であって欲しいという心のこもった兄の忠告も、比呂子の耳には、風のように通りすぎてしまったものか。

比呂子の生活は、前よりも荒れる一方であった。

とにかく、マンションに落ちついていない。

たまりかねて、永子は勝江と相談して、百合をあずかった。

何日も帰って来ない母親のおかげで、百合が食パンだけで、二日も飢えをしのいでいたことがわかったからである。

娘をあずけたことで、比呂子はいよいよ奔放になった。

「姉さんったら、あんなことしてていいのかしら」

その日、マンションへ様子をみに行った保子が帰って来ての話では、比呂子の部屋に

は銀座や六本木などの高級ブティックの洋服箱が一杯に散らかっていて、新しいドレスが手当り次第、壁に吊してあるという。

「一着、何十万もするような服を、ばんばん買っているみたいよ。どうなっちゃうのかしら、比呂子姉さん……」

洋裁学校の教師をしていた保子のいうことだけに、勝江もおろおろした。

「これから先の生活を考えなければならないだろうにねえ」

といって、出かけて行って娘に叱言のいえる勝江でもなく、母親の説教に耳をかす比呂子でもなかった。

永子が知っていることだけでも、比呂子は狂気の沙汰であった。

昼間から酔っぱらって、原宿の町を男と歩いている比呂子をみかけたこともある。

比呂子にダイヤの指輪を売ったというセールスマンが、何度、マンションへ行っても留守なのに業を煮やして、永子のところへやって来たこともあった。

そして、六月の第二日曜のことであった。

C

その日曜に、永子の働いているタオルの店が、ホテルで展示会をひらいた。

夏をひかえて、タオルのガウンやナイトウエア、遊び着などから、ちょっとした日常着までタオルを使ったファッションをそろえてのバザールである。

日曜は休みの筈だったが、こうした場合なので、勿論、永子も朝からホテルの会場につめていた。

朝、家を出る時の打ち合せでは、昼前に、保子が百合と綾子を連れて、バザールをみに来て、ホテルのレストランで永子と四人、午食をとろうという約束になっていたのだが、正午になっても、やって来ない。

どちらかといえば、仕度の遅い保子のことを知っているので、永子は、そう驚きもしないで待っていた。

会場は予想以上に客が多くて、実際のところ、応接に忙しく、食事どころではなかったこともある。

三時をすぎた頃になって、保子が一人でやって来た。

「比呂子姉さんが、百合と綾子を連れて、出かけたのよ」

だしぬけに報告されて、永子はぎょっとした。

「どこへ……」

デパートへ買い物でもあろうか、と思って訊くと、

「奥多摩湖へハイキングですって……」

「ハイキング……」

思わず、窓の外へ視線が行ったのは、今にも降り出しそうな空模様が、朝から続いているのを知っていたからである。

「こんなお天気だから、よしたらっていったんだけど……」

「何時頃、出かけたの」

「十一時かしら」

マンションからやって来て、百合と綾子を連れて行ったという。

「最初、綾子は、ママと約束があるからってことわったのよ。そうしたら、百合が一緒でなければいやだといったもので……」

「綾子、なにを着て行ったかしら……」

ホテルへ来るとばかり思っていたので、木綿の外出用のワンピースを出して来たのだ。

「自分で、部屋へ入って着かえていたわ。ええと、ジーンズのスラックスにシャツブラウスを着て、ジーンズの上着を持っていたような気がするけど……」

百合は半袖のワンピースのまま、出かけて行ったという。

「車だから……」

雨が降っても、なんということはないと、保子は呑気であった。

いやな予感がした。

このところ、常軌を逸しているような比呂子である。

それにしても、どうして、急に奥多摩湖へハイキングなどと思い立ったものであろうか。

「あんまり遊び歩いてばっかりいたから、たまには、母親らしいことをしたいと思ったんじゃないの」

保子は、そんなふうにいって、さっさと展示場のほうへ歩いて行った。

落ちつかない気持で、夕方まで永子は働いた。

会場の後片付けもあって、帰宅したのは、八時である。

比呂子は、まだ帰っていなかった。

「途中で夕食でもして帰るのかも知れないねえ」

勝江は、そんなことをいっていたが、永子は不安をどうしようもなくなっていた。

たまたま、佐竹みちるから、綾子へ電話があった。

日曜の夜は、いつも、おたがいに電話をかけ合って、宿題はなんとなにだったかとか、明日の提出物について子供らしい確認の仕方をしている。

「あの、綾子、まだ、帰っていないのですけれど……」

思いついて、永子は、

「お父様、いらっしゃる……」

と訊ねてみた。

「います。今、かわります」

みちるが返事をして、佐竹が電話口に出た。

姑も、保子も、もう二階へ上ってしまっている。

永子は、事情をざっと話した。

「たいしたことではないと思うのですけれども……なんですか、心配になってしまって」

永子の不安を、佐竹は適確に受け取ったようであった。

「何時にお出かけになったのですか」

「妹の話では、十一時頃といって居りますが……」

「十一時……」

奥多摩湖までの往復の時間を佐竹は考えているようであった。

「すみません。馬鹿なことをお耳に入れてしまって……もう、帰ってくると思います。私、少し、神経質になりすぎているんですわ」

我に返って、永子はあやまり、電話を切った。

それでも不安が去ったわけではなく、玄関へ出てみると、雨が降り出していた。

比呂子の非常識に、怒りが湧いた。

こんな天気の日にろくな準備もなしにハイキングに出かけて、楽しいわけがないと思う。

子供を遊ばせるのが、決して上手とはいえない比呂子であった。

まして、綾子は気がすすまないといっていたらしいのだ。

十時をすぎて、永子はもうたまらなくなった。

雨は、かなり強くなっている。

表通りまで出てみようかと、レインコートを着た時、電話が鳴った。

「そちらは、木村さんですか。木村綾子ちゃんのお母さまはいらっしゃいますか」

男の声でいわれて、永子は体中から血がひくのを感じた。

相手は、奥多摩地区の警察官であった。

「綾子ちゃんが、こちらに保護されています。別に綾子ちゃんにはなんの御心配もいりませんが、来て頂けますか」

続いて、綾子が電話口に出た。

「叔母ちゃまと百合ちゃんが、山の中なの。綾子は知らせに一人で、山から下りて来たの」

今は警察にいると、しっかりした声でいう。

「ママ、来て……」

流石に、心細そうであった。

再び、係官が替った。

「事情はよくわかりませんが、叔母さんが具合でも悪くなった様子なんです。それを知らせに、お宅のお子さんが一人で歩いて来られたようで……」

今、現場へ探索に人が向っているという。

「すぐ、参ります」

係官は丁寧に所在地を教えて、電話を切った。

二階へ声をかけ、保子と勝江にざっと説明して、永子は家をとび出した。

タクシーを拾う。

手には、綾子の着がえを二組、持っていた。

雨に濡れているに違いないと思ってのことである。

怒りと不安で、体中が慄えた。

なにがあったのかわからなかったが、八歳になったばかりの綾子が、たった一人、見知らぬ土地の夜の中を歩いて、警察に保護されたのであった。

無事な姿をみるまでは、安心が出来なかった。胸が苦しくなって、タクシーをとび出して走り出したいような衝動をおぼえる。

幸い、日曜の夜で道路はすいていた。

「お客さん、ここですよ」

警察の前で声をかけられた。

そこに、警官が一人立っていて、永子をみると走り寄って来た。

「木村さんですか」

こちらへと、案内されて、永子は夢中で歩いた。

案内されたのは署長室のようなところで、

「ママ……」

すぐ、綾子がとびついて来た。

ぶかぶかのシャツにズボンという恰好である。

「いや、ずぶぬれだったので、風邪をひいてはいけないと思って、署長の息子さんのを借りて来て着せたんですけども……」

人のよさそうな警官が、傍からいった。

「あの……比呂子さんは……百合ちゃんは、どこですか」

我が子を抱きしめて、永子は訊ねた。

「病院です……」

「ええっ」

年輩の係官が若い係官に目くばせをして、

「お母さんが着がえを持っていらっしゃる。あっちで、綾子ちゃんに着かえさせてあげなさい」

おもちゃの熊に似た警官が、永子の手から包をとった。

「綾子ちゃん、おいで……」

綾子は敏感に、大人の意志を悟ったようであった。手をひかれると、黙ってついて行く。

「しっかりしたお嬢ちゃんですな。まだ八歳だそうじゃないですか」

綾子を見送って、係官は、まず感心した。

「病院って……義妹《いもうと》は……怪我でもしたのでしょうか」

「薬を飲んだんですよ」

低く、いった。

「なんですって……」

「綾子ちゃんの話だと、義妹さんはいやがる子供達をひっぱって、山の中に入り、そこで元気になる薬だといって、白い粒を自分が飲み、子供達にも飲ませようとしたらしいんです。百合ちゃんという子は飲んだが、綾子ちゃんは飲まなかった。みていると、叔母さんと百合ちゃんの様子が可笑しくなったので、びっくりして、声をかけたり、ゆすぶったりしていたが、子供心にも大変だとわかったんでしょう、誰か人を呼ぶつもりで、必死になって、元来た道を走ったというのです」

よく、夜の、しかも、雨の中を、里へ下りて来られたものだと、係官は驚嘆していた。

幸運なことに、綾子は途中で、雨に降られたハイカーと出逢った。

女子学生の、そのグループと一緒に、近くの駐在所へかけ込んだものであった。

「場所の記憶も、はっきりしているんです。しかも、ですよ、夜でも、さがしに来てわかるように、白いハンカチを木の枝に結んで来ていたのですよ」

綾子の言葉通りに探索隊をくり出して、倒れていた比呂子と百合を発見して、病院へ収容した。

「お母さんのほうは、助かる可能性があるそうです。しかし、子供さんのほうは……」

係官がいいかけた時、別の警官に案内されて、佐竹守明が入って来た。みちるが一緒である。

「綾子ちゃんは……綾子ちゃんは……」

その声で、別のドアから綾子がとび出して来た。しっかり抱き合った二人の子をみつめて、永子は一瞬、気が遠くなった。

夏の旅

A

助からないかも知れないといわれていた百合が、奇蹟的に意識をとり戻したのは翌朝で、その時は、病院に勝江も保子も、横浜からかけつけた笠田行一も着いていた。

「こんな母親のところに、百合はあずけておけません。僕のほうで引き取らせてもらいます」

百合の回復を待って行一が申し出ると、比呂子はあっさり、承知した。

「あなたの子なんだから、あなたが連れて行ったらいいでしょう」

不貞腐《ふてくさ》れていう比呂子には母性愛のかけらもない感じで、永子は愕然とした。

入院中に、弁護士が立ち会って、百合の親権は正式に、行一のほうへ移され、やがて百合は迎えに来た父親と、父親の新しい妻である志津に伴われて、泣きもせず、母親の許から去った。

子供心にも、生みの母親に殺されかけたというショックは大きかったらしく、入院中も決して比呂子の傍に近づかなかったほど、母親に怖れを抱いていた。

親子心中が未遂に終ったので、警察のほうも、それほど厄介なこともなく、やがて、比呂子も退院して、三軒茶屋の家へ同居するようになった。

マンションでは一人で心細いし、まだ体が思うようでないので、食事や洗濯など、身の廻りの世話をしてくれる者が必要だからという理由である。

この事件以来、永子は夫の家族に全く、愛情がもてなくなっていた。

まかり間違えば、比呂子に、綾子を殺されていたのだという思いが、どうしても脳裡から離れない。

実際、綾子の話では、比呂子は睡眠薬を綾子にも飲めと勧めているのだった。

自分の子を道づれにするだけでは飽き足らず、綾子まで連れ出した比呂子の気持が、永子には許せなかった。

いったい、自分達が比呂子になにをしたというのだろうと思う。迷惑をかけられることはあっても、苦情一ついえないで過して来た。

「比呂子姉さんは口惜しかったんじゃないの、自分にくらべて、永子義姉さんが、あんまり幸せだから……」

保子がいった時、はじめて永子は感情をあらわにした。

「いい加減にして下さい。そんなことが許されると思っているんですか。私が、もし幸せだとしたら、忍耐に忍耐した上での幸せです。せめて、夫婦と親子三人の幸せだけは守り抜こうと努力しての上の幸せなんです。私や綾子が日本へ帰って来てから、一つもいやな思いをしないで、ぬくぬくと幸せに暮しているとでも思っていらっしゃるんですか。どのくらい、あなた方のおかげで迷惑したと思っているんですか。それも、家族だと思えばこそ、耐えて来たというのに……」

我が子を殺されかけたという事実が、永子を強くしていた。

姑の勝江にしても、保子にしても、永子と綾子の受けたショックに対して、詫び一つ口にしたわけではない。

「そりゃ、永子さん、いいすぎじゃありませんか。比呂子は自殺までしようとしたのだから、もう少し、いたわってやってくれてもいいのじゃないかしら」

勝江がねちねちと口をはさんだ時、永子の気持は爆発した。

「どうか、お姑さまや保子さんで、いたわってあげて下さい。私は、もうけっこうです」

夫の家族への信頼を永子は失っていた。

今までの努力が虚《むな》しいものとしか思えない。

一緒に暮したくなかった。

保子の解釈でものを考えるなら、いつまた、自分達が幸せであることをねたまれて、綾子に危害を加えられないとも限らない。

翌日、永子は、主として綾子の身の廻りのものだけを二個のスーツケースにまとめて、三軒茶屋の家を出て、赤坂のホテルへ移った。

幸い、もう何日かで夏休みであった。

私立小学校の夏休みは早い。

不経済でも、綾子の学校のある間はホテル住いをして、その後は京都へ行くつもりであった。

ホテルからパリの夫にも連絡をとった。

永子の決断に対して、邦夫は驚いたようであった。

「なにも、そこまでしなくともいいだろう」

いくらか、不満を口にしたが、それ以上、なにもいわなかった。

「仕事が終り次第、帰国するから、それまで京都に行っていなさい」

電話を切ってから、永子はひどく孤独になった。

比呂子のために綾子を死なせたかも知れないという永子の恐怖は、夫には、それほどに伝わらないのかも知れなかった。

現実に、その場をみていないこともあろうし、自分の肉親がよもやというような気持もあるのだろうと思う。

永子がヒステリックになって、勝手に別居したと解釈しているようでもあった。

夫婦でも、わかり合えないことがあると、永子は気がついていた。

その、もっとも大きなものが、おたがいの肉親に対する感情であった。

永子にとって、姑も小姑も赤の他人だが、邦夫にとっては母であり、妹である。

今、比呂子がどんな狂乱ぶりをしめしても、邦夫の心の中には、幼い日に蝶をとってやったり、宿題を教えてやったりした時の、かわいい妹の面影が消えないものなのだろうか。

気をとり直して、永子は京都へ電話をした。

血のつながりとは、こういうことをいうのだろうか。電話口に出た兄の重治は、事件をひかえめに半分ほど話しかけた妹に、はっきりいった。

「家にいたらあかん。あんた、家を出なさい、綾子を連れて……」

ホテルにいると答えた永子に、すぐ反応した。

「どこのホテルや。兄さん、すぐ上京する。なんにも心配することないえ。待っていや……邦夫さんには、兄さんから、あんじょう、言うたる」

永子の全身に張りつめていたものが、ふっとゆるんだ。受話器を握りしめて、永子は涙を流した。

重治は、正午にホテルへやって来た。

永子の電話をきいてから、すぐ伊丹へ出て羽田へ飛んだという。

兄妹は久しぶりに向い合って食事をしながら、兄は妹の話を細かく聞いた。

「そら、えらいことやったなあ」

奥多摩湖の事件を、重治は軽く考えてはいけないと妹にいった。

「邦夫さんはパリに居るからわからんのや。我が子を死なしたかも知れん事件やったんやよってに、永子が怖くなったのも無理やないで……」

姑や小姑の気性を知っている兄であった。

無神経で身勝手なところのある人々である。

「綾子ちゃんのためにも、暫く、別居したほうがええやろ、兄さん、お姑さんに話してくるわ」

食事がすんでから、重治は三軒茶屋へ出かけて行った。

時間をみはからって、永子は小学校へ綾子を迎えに行った。

今朝、家を出る時、綾子と約束しておいた。

綾子はみちると一緒に昇降口を出て来た。

「みちるちゃんのパパ、御病気ですって」

永子の顔をみるなり、綾子が告げた。みちるは心細そうに、綾子と手をつないでいる。

「ご病気……」

「お風邪なの」

昨夜からベッドに入ったままだという。

「いいわ、お見舞にお寄りしてみましょう」

永子がいうと、正直に、ほっとしている。

原宿のタオルの店は、比呂子の事件以来、休ませてもらっていた。

二人の子供を連れてマンションへ行ってみると、佐竹は蒼い顔をしてベッドに腰かけていた。

今、病院へ行って来たところだという。

「夏風邪だそうです。たいしたことはないんですが……」

強《し》いて、元気そうにみせているが、息使いが荒かった。

「みちるちゃんは、おあずかりしますわ。とにかく、お休みにならないと……」

佐竹がパジャマに着かえて、ベッドに入るのを見届けてから、部屋の鍵をあずかり、子供二人を連れて、マンションを出た。

赤坂のホテルへ帰る途中、ケーキを買って、ホテルの部屋でおやつにしていると、重治が戻って来た。

「いやいや、そっけないお姑さんや」

苦笑して話すのを聞けば、姑の勝江は、重治の訪問に対して、まるで、無反応だったという。

「永子が家を出たのを、はっきり立腹するなら、まだ、話がしやすいんやけども……」

勝江の態度は曖昧で、

「永子さんは、比呂子がこの家にいるのが気に入らなくて出て行ったようですわ。邦夫も居りませんことで、私は、なんにも存じませんよ」

とわけのわからない挨拶で、全く感情を表に出さない。

「とりあえず、夏休みの間、京都へ来させますからとことわりいうて来たわ」

その中には邦夫も帰国するだろうし、又、話のしようもあると重治は考えている。

「どういうつもりか、いい年をした女子《おなご》が三人もごろごろして居って……」

あまり他人の悪口をいわない兄が、眉をしかめているのは、よくよく、比呂子や保子の態度が不快だったからに違いない。

「すみません、兄さん」

すみませんついでに、子供達をみていてくれないかと永子は頼んだ。

「いつも、お世話になっている佐竹さんが、お風邪で、かなりお悪いみたいなんです」

もう一度、マンションへ行って、様子をみ、夜の食事の世話をして来たいという妹に、重治は笑った。

「どこへ行っても、世話好きやなあ」

「おばあさまに似たんでしょう」

どっちみち、今夜はここへ泊って行くから、子供達のことは心配するなと重治にいわれて、永子はバスで青山へ出た。

スーパーマーケットで果物や野菜などを買って、佐竹のマンションへ行く。

「如何ですか」

寝室へ声をかけたが、返事がない。ドアに耳を近づけてみると、苦しげな息使いがはっきり聞える。

遠慮が吹きとんで、永子はドアをあけた。

佐竹は赤い顔をして眠っていた。

うつらうつらしているようにみえるのは高熱のためらしい。

永子は薬局へ走って氷枕を買って来た。ついでに氷屋へ寄って、氷も一袋もらってくる。

氷袋をタオルにくるんで、佐竹の頭の下へ入れ、それから熱をはかった。

三十九度近い。

テーブルの上においてあった薬の袋に病院の名前が書いてあったので、そこへ電話をして、容態をいうと、やがて、若い医者が往診に来てくれた。

注射をして、別に薬を渡す。

夏風邪には違いないが、

「少々、お疲れのようですから……」

ゆっくり休ませてくれといわれた。

ホテルへ電話をすると、重治が子供達とこれから食事をするという。

「こっちは大丈夫や、そちらの看病をしてあげたらええ」

永子の部屋に、もう一つ補助ベッドを入れて、そこへみちるを泊めるように手配をしたという。

「あんたが帰るまで、わしが部屋に居るよって……」

「それじゃお願いします」

兄にまかせておけば、心配はなかった。

男にしては気のつくほうだし、子供好きでもある。

実際、佐竹の病状では到底、一人にしておけなかった。

額にあててあるぬれ手拭は、すぐ熱で温まってしまう。

枕許へすわって、タオルを氷を入れた水でしぼっている時、佐竹が熱に浮かされたように呼んだ。

「永子さん……」

二度ばかり続けて呼ばれて、永子は佐竹が目ざめたのかと思ったが、返事をしてのぞいてみると、佐竹は昏々と睡り続けている。

うわごとのようであった。

B

佐竹がめざめたのは、夜の九時になってからである。

枕許にいる永子を不思議そうにみつめ、やがて事態に気がついたようであった。

「申しわけありません。居て下さったんですか」

まだ、食欲もなかった。熱も下ってはいない。

それでも、永子が作った梅干のお湯を飲んだ。

「どうぞ、もうお帰りになって下さい。みちるをあずかって頂くだけでも恐縮しているのです」

もう大丈夫だからという佐竹の気持の中には、男一人のマンションに人妻の永子が泊ってはという配慮があるに違いない。

「それでは、明朝、又、参ります。なにかございましたら、どうぞ、御遠慮なく、ここへお電話を下さい」

ホテルの電話番号と部屋の番号をメモにして、永子は、氷枕の氷を新しくし、汗にぬれた佐竹のパジャマを着かえてもらって、マンションを辞した。

ホテルへ帰ってみると、子供達は、もう眠っている。

「御病人はどうや」

「まだ、熱は下らないみたいだけれど……」

「そら難儀やな」

「すみませんでした。兄さん、もうやすんで下さい」

重治は同じ階のシングルルームに部屋をとってある。

「下着、洗っとくから、出しておいて……」

下着と靴下を兄の部屋までとりに行った。

「洗濯好きもおばあちゃんゆずりやな」

いい加減にして早うおやすみといわれて、永子は自分の部屋へ戻った。

バスルームに綾子とみちるの小さなパンツとスリップが着かえたまま、出してある。

白いソックスが二組。

佐竹のマンションから持って来た、佐竹のパジャマと兄の洗濯物を、バスルームで、永子は手早く洗い、ロープをはって干した。

二人の子供は、ツインベッドに並んで寝ている。

永子が補助ベッドに横になったのは一時近かった。

病気で寝ている佐竹のことが気になり、家を出てしまったことのほうが、それにまぎれている感じであった。

六時半に子供達を起して、ダイニングルームで朝食をさせ、登校準備をしてからホテルの近くのバス停まで送った。

幸い、バスが二人の通学している小学校のそばまで通っている。

その足で佐竹のマンションへ行った。

佐竹は、まだ、ねむっている。

音をたてないように、持参した生乾きのパジャマを干し、台所で粥《かゆ》を炊いた。味噌汁も作る。

電話の音で、佐竹はめざめたようであった。

同僚が、一昨日、別れの時、具合悪そうだった佐竹を気づかって電話して来たものらしい。

「もう大丈夫だ。昨日はどうなることかと思ったがね」

電話に出ている佐竹の声に力が戻っているようだと永子は聞いていた。

佐竹は、永子をみて、驚いた表情になった。

「今朝、参りましたの。みちるちゃんが心配していましたし、御様子はどうかと思って……」

熱いおしぼりを運んで行くと、佐竹は眩しそうに永子を見つめ、黙って頭を下げた。

熱も下っていて、永子のしぼったオレンジジュースを飲み、やがて、白粥に味噌汁の朝食をダイニングルームへ起きてきて摂《と》った。

その間に、永子はベッドのシーツを取りかえる。

白粥と味噌汁を軽く一杯だけ食べて、佐竹はベッドへ戻った。

まだ、体がふらふらするらしい。

「お仕事のほうは如何ですの」

「ちょうど、休みなんです。この際、少し休養します」

勤務が続いていたと佐竹はいった。

「一人、友人に不幸がありましてね、代りをつとめたりしたものですから……」

それでなくとも、男所帯であった。

男が仕事を持っていて、小さな娘と二人の生活は容易なことではない。

「ちょっと、話をしてもいいですか」

ベッドからで失礼だが、とことわって佐竹は永子のメモへ視線をやった。

「今、ホテルにいらっしゃるんですか」

永子は苦笑した。

「昨日からですの」

出来れば知らせたくなかったことだったが、今更、仕方がない。

「義妹《いもうと》が一緒に住むようになりまして……私、なんだか、落ちつきませんで……」

二度と、そんな馬鹿なことはあるまいと思うものの、綾子のことが心配で、

「他にもいろいろありまして、とうとう家を出てしまいました」

夫の留守に悪い妻だと承知しているが、とうつむいた永子を、佐竹はいたましそうに眺めた。

「お気持はわかります。当然だと思いますよ」

「私が神経質すぎるのでしょうが……」

「そんなことはない、あんなめに会ったら、誰でも、人間不信になりますよ」

「京都から兄が来てくれましたの、綾子が夏休みになったら、実家へ帰っているつもりです」

「御主人は、いつ帰国なさるのですか」

「まだ予定がたたないそうですわ」

「御主人も心配していらっしゃるでしょう」

「このくらいのことに負けてしまって、お恥かしいと思います」

「いや、そういってはなんですが、義妹さんは異常ですよ、用心なさったほうがいい」

佐竹にそういわれて、永子はいくらか心が落ちついた。

「昨夜、僕、なにかいいませんでしたか」

永子の気分を変えるように、佐竹が笑った。

「夢をみていたんです」

どんな夢なのか、佐竹はそれ以上、話さなかった。

「別に、なにも……よくおやすみでしたわ」

まさか、自分の名を呼んだともいえず、永子はさりげなく、寝室を出た。

ホテルへ帰ってみると、兄のメモがあった。急用で日本橋まで行ってくるが、場合によっては、もう一泊して行ってもよいから心配するな、と書いてある。

兄の心づかいが嬉しかった。

その日も、みちるをあずかった。永子が何度かホテルとマンションを往復して、夕方になると佐竹もすっかり元気をとり戻して永子が用意した食事も全部、平らげた。

永子の外出している間に髭まで剃って、病人らしくない顔になっている。

「すっかり、お世話になってしまって……明日はみちるに、こっちへ帰るようにいって下さい」

永子がマンションを出る時、佐竹はわざわざ、ドアのところまで送って来て礼をいった。

「いろいろと、おつらいこともあるでしょうが、御主人がお帰りになるまでの辛抱です。綾子ちゃんのためにも、しっかりしてあげて下さい。僕でお役に立てることがあったら、なんでもします」

佐竹が手をさし出して、永子も、自然と片手を出した。佐竹の手が永子の手を握りしめ、はげますような力強さで軽く握った。

握手は短かったが、佐竹の手の温みはマンションの外へ出ても、永子の掌《て》から消えなかった。

御主人が帰るまでの辛抱と、佐竹はいったが、果して、夫が帰国して簡単に片のつく問題かどうか、永子は心もとない気がした。

夫が自分の親や妹たちと、妻の間に立って、どう判断するか不安でならない。

原宿の町は、すっかり夏であった。

梅雨は上ったのか、昨日今日と二日続いての晴天であった。

西の空に夕焼け雲が広がっているのをみつめながら、永子は地下鉄の階段へ足をかけた。

ホテル住いが一週間ほどで、綾子の夏休みになった。

「夏休みになったら、早う、京都へおいで……おばあちゃんも待ってはるよってな……」

そういい残して帰った兄の重治からは、何度も電話がかかって来て、

「みんな、待ってるで……」

少しでも、永子に気がねをさせまいと心を使ってくれていた。

兄の気持も嬉しかったし、ホテル暮しは経済的にも大変なので、終業式の午後、永子は綾子と新幹線で東京を発った。

東京の風景が遠ざかるに従って、永子は心細くなった。

こうして、綾子と二人、京都へ帰って、再び上京出来る日があるのだろうかと思う。

この朝、三軒茶屋の家まで行って、

「当分、京都へ行かせて頂きます。勝手をして申しわけありませんが……」

と手を突いた永子に対して、姑の勝江はそっぽをむいたきりだった。比呂子と保子も、つんとして、一言も口をきかない。

自分の、家の出方が悪かったと思いながら、永子はやはり突き放されたような気持になった。

夫の家族とのわだかまりは、もう一生、消えないように思う。

この先、どうなるのかと考えた。

悪くすると、夫と離婚という結果にもなりかねない。

夫との間には、何一つ不満はなかった。

結婚以来、仲のよい夫婦と世間からもいわれ、自分達も認めている。

夫の家族達とのことがなかったら、永子の結婚生活は幸福を絵に描いたようだといってもよかった。

姑と小姑さえなかったら、と、つい考えている自分に気がついて、永子は愕然とした。

それは我儘に違いなかった。

夫を愛しているなら、夫の家族にも愛情を持つべきだと、理性ではわかっている。

結婚前も永子はそう考えていたし、パリでの生活の時も、日本へ帰ったら、と、それなりに夢もあったし、覚悟もした。

しかし、現実は、思いがけなさすぎた。

結局、自分は結婚に失敗したということになるのだろうかと、永子は打ちのめされて車窓からの東京をみつめていた。

母親の心の重荷がわかるのか、綾子もどこか、しょんぼりして、みちるから当分のお別れにもらった人形を撫《な》でている。

京都の駅には、いつものように、兄が出迎えに来ていた。兄嫁も、兄の子供達まで一緒である。

「おいでやす」

兄嫁の秋子がまず笑顔で永子の手をとった。

男の子二人が、少々、照れくさそうに綾子へ笑いかける。

家では、玄関まで祖母の信子が出ていた。

「えらいことやったな」

よう辛抱したと、祖母にいわれて、永子は涙ぐんだ。

「辛抱が足りずに、帰って来てしまって……」

「それでよろしいがな。綾子に怪我でもあってからではとりかえしがつかんで……」

信子の語尾に、永子と同じ怒りがあった。

もしも、比呂子のすすめた薬を、綾子が拒まなかったらと、信子は重治からの報告をきいた時、全身が慄えたという。

「人のすることやない、鬼や」

永子や綾子を、

「鬼の手許には置きとうない」

というまで、祖母の気持はエスカレートしている。

肉親の情愛に包まれながら、永子はいよいよ、夫との距離が遠くなるのを感じていた。

七月の末に、佐竹もみちるを連れて、京都の親の家へ帰って来た。

「実は、パリでご主人にお目にかかりましたので……」

みちるが綾子や従兄達と遊んでいる間に佐竹は永子を誘って四条河原町へ出た。

二人の子供に下駄を買うというのが口実だったが、喫茶店へ入ると、すぐに佐竹は話し出した。

「フライトでパリまで行きまして、三日程、休みがありましたので……」

電話を、邦夫のパリのオフィスに入れて、夕食の約束をした。

「よけいなことだったかもしれませんが、奥多摩湖の事情をお話ししました」

邦夫は終始、黙って、佐竹の話をきいたという。

「永子さんが実家へ帰られたお気持をわかってあげてもらいたいと思いましたので……」

「ありがとう存じます」

実際、永子にしても電話では細かなニュアンスは伝えにくくて、比呂子の事件も概略しか伝えることが出来ないままになっていた。

手紙も出したのだが、夫の妹だけに、あからさまに糾弾はしにくい。

邦夫は、佐竹に、

「それで、家内は、今、京都ですか」

と訊ねたという。

なるべく早く帰国したいが、思うにまかせないとも話した。

「それだけです。京都へ電話をするとおっしゃっていましたが、お電話がありましたか」

永子は曖昧にうつむいた。

夫から電話は、まだ、なかった。

京都へ来たことは、手紙でパリへ知らせてもいる。東京の赤坂のホテルから電話した時も、綾子が夏休みになったら、京都へ行かせて欲しいといい、夫も、そうするように返事をしていた。

それなのに、佐竹に対して、家内は今、京都ですか、と訊ねた夫の真意はどこにあるのかと永子は迷った。

なにか、とんでもない溝が、夫との間に広がりつつあるように思う。

「主人は、変りないようでしたでしょうか」

おずおずと訊ねた永子に佐竹はうなずいた。

「お元気なようでした。御多忙ということでしたが」

コーヒーが運ばれて、佐竹は黙った。

永子のために、砂糖壺から砂糖をすくって入れる。そんな動作が、決して嫌味にならないのが、佐竹の人柄であった。

長身に浴衣がよく似合う。

さりげなく、佐竹は、うつむいてコーヒーを飲んでいる永子の顔を上からみつめていた。

僅かの間に、永子が瘦せていた。

どこか心細げで、憂いの色が濃い。

そんな永子に心を惹かれている自分を、佐竹ははっきり意識していた。

この前の病臥の時から、佐竹は永子に対する自分の感情を、隣人愛などとはいっていられなくなっていた。

明らかに、男として、佐竹は永子に激しい愛を感じている。

パリで邦夫と逢っている時も、その気持は変らなかった。

永子が向い合っている男の妻であると思うだけで、強い嫉妬に苦しめられた。

佐竹の、その気持が爆発したのは、レストランで食事を終えて、外へ出た時である。

車が近づいて来た。

ポルシェである。運転席から女が下りて来た。日本の女であった。

邦夫へ向って、その女は、微笑を含んでいったものである。

「お迎えに来ましたのよ」

邦夫は助手席に乗った。二人を乗せた車が夜の中に走り去るのを、佐竹は茫然とみつめた。

夫の秘書

A

パリでの数日の中に、佐竹は一人の女の名前を胸に刻みつけて帰国した。

新田恭子という女性である。

木村邦夫の勤めている弱電系の会社のパリ支店の代表責任者の秘書であった。

パリのレストランで佐竹と食事を共にした邦夫を、ポルシェで迎えに来た新田恭子を、佐竹は、パリから日本へ帰る途中何度も思い出した。

パイロットやパーリー、スチュアデスは、そのフライトで、着港するごとに、全員交替するシステムになっている。

今度の佐竹の場合でいうなら、パリからロンドン、アンカレッジ経由の北廻り便だったから、パリを発って、ロンドンで交替し、二泊して、ロンドンからアンカレッジまで、それから一泊して羽田という日程で乗務しながら帰ってくる。

その間中、佐竹は木村邦夫と新田恭子のことを考え続けて来たようであった。

同じ会社の、しかも秘書であれば、迎えに来てもおかしくないのかも知れなかった。

外国の慣習からいえば、秘書はあくまでも会社内だけのことで、プライベートタイムまで、車で迎えにくるなどということは考えられない。

しかし、日本人の間では、とかく公私が混同されがちであった。まして、単身赴任であれば、前からつきあいのある彼女が、なにかと、木村邦夫の面倒をみたとしても、あまり気にすることはないのかも知れない。

必要以上に、木村邦夫と彼の秘書の間を意識する佐竹の気持の中には、邦夫の妻である永子への抑え切れない慕情がある。

といって、佐竹は、今、京都の喫茶店で向い合っている永子に、彼女の夫が、秘書と格別、親しげだったなどと告げるつもりは、全くなかった。

むしろ、夫の家族との不和に苦しんでいる永子へ、少しでも彼女の心を悩ますものは耳に入れたくないと考えている。

四条河原町で、子供用の塗下駄を買って戻ってくると、綾子とみちるは、もう二人だけで夏休みのさまざまな計画を立てている。

「僕は三日ほどしか、こちらに居られませんので、居る間は、せいぜい子供サービスをさせてもらいます。留守の間は、申しわけありませんが、みちるをよろしくお願いします」

夏休みの間は、京都の祖母のところへ、みちるをおいて行く佐竹は、そういって、永子の実家である辻村家の人々に挨拶し、やがて、みちるを連れて帰って行った。

「男手一つで、みちるちゃんを育てるつもりやろか」

佐竹を見送ったあとで、信子がいった。

「佐竹はんの御実家でも、皆さんが守明はんの再婚を考えてはるようですけど、ご当人があんまり乗り気にならはらへんようです」

兄嫁の秋子は、実家が佐竹の家の近所で、割合、そうした消息にくわしいらしい。

「やっぱり、みちるちゃんのことを心配して迷ってはるんやないか。新しいお母さんが来て、みちるちゃんとあんじょう行けばよろしいが、一つ間違うとえらいことや。それに、守明さんも若いんやし、二度目の人と子供でも出来たら、いよいよみちるちゃんの立場が難しゅうなるよってに」

重治までが話に加わって、

「そやけど、この前のように、守明さんが病気にでもなると、女手が欲しいことになるわなあ」

「守明さんおいくつ……」

信子に訊かれて、氷子は首を傾《かし》げた。

親しくつき合っているが、年齢を訊いたことはない。

「うちの弟と同じ学年やったから三十一、二やありませんか」

秋子がいい、

「そやったら、今からずっと独りでというわけにも行かんやろに……」

話の途中で、永子はそっと部屋を出て、綾子の寝ている奥の間へ、様子をみに行った。タオルケットを蹴とばしてねむっている綾子は、無邪気という文字がパジャマを着ているようであった。

子供にとって、親とはなにか、と永子は考える。

夫婦が、よんどころない理由で、夫婦別れをした場合、普通、子供が幼い中は、母親と一緒のほうが好都合といわれているが、佐竹も、笠田行一も、結局、父親のほうが娘を引き取っている。

子供を手放す母親の気持が、永子には理解出来なかった。

妻であり、母である女が、そのすべてをなげうって家をとび出して行くのは、容易なことではあるまいと思う。

離婚はしたくないと永子は考えていた。

綾子のためにも、そして自分自身、邦夫と別れなければならない必然性はなにもない。

だが、夫婦は夫婦だけではなかった。

この地上に、夫婦とその子供だけが生活しているのではない。

夫にも、妻にも家族があった。結婚により、夫の家族は妻にとっても家族であるというのが、慣例であった。

夫の母は、嫁にとっても母であり、夫の姉妹は、嫁にも姉妹であるという考え方は、或る意味では理想なのかも知れないし、永子もかつては、それが当然と思っていた。

しかし、今、永子はその考えを訂正しなければならないと思う。

夫の家族は、あくまでも夫の家族であった。

永子自身の親兄弟と同じようには考えられない。

むしろ、考えてはならないのではあるまいか。

夫婦が本質的に他人であるように、夫の親、兄弟も他人であった。生きて来た環境も違う、性格も、ものの考え方も、永子と相違があって当然である。

遮二無二、夫の家族を肉親同様と思い込むよりは、他人として、一人の人間として判断し、尊重し、それなりの思いやりと親しみを持ち合うように双方が努力するべきではないのか。

嫁一人が努力するのではなく、むこうにもそれを要求したいと永子は考える。

人間と人間のつきあいであった。おたがいに愛情を持ち合ってこそ、そこに新しい家族関係が生まれてくる。

相手に思いやりのかけらもなかったら、一方通行で愛情が成立するわけがない。

愛し合って結婚した夫婦がおたがいの家族とうまく行かない場合に、夫婦の部分は残して、家族の部分を切りはなしてもよい筈であった。

夫婦は、なにもおたがいの家族とまで結婚したわけではない。少くとも、結婚が家と家とのものであるという観念は、戦後、大きく改められた日本であった。

それでも、現実には、多くの夫と妻は、おたがいの家族との折り合いや、日常生活につきまとう、さまざまの軋轢《あつれき》をぬきにして暮して行けるわけではない。

綾子のタオルケットをかけ直して、永子が居間へ戻ってくると、祖母の信子と、兄の重治だけが残って、お茶を飲んでいた。

「今、おばあちゃんとも話してたんやけどなあ」

永子をみて、重治がいった。

「この夏休みの中に、パリへ行って来たらどうや」

綾子を連れて行ってもいいし、なんなら京都であずかってもかまわないという。

「それくらいのお金、どうとでもしてあげるよってに、邦夫さんに逢うて来たら、どうやがな」

祖母も兄も、今度の事件で、永子と邦夫の夫婦仲がこわれるのを心配していた。

「あちらのお母さんや妹さんのことを邦夫さんがどう判断して、どないにするか、それがわからん中は、永子も心配やろし、さきゆきのことも不安や」

邦夫にしても、自分の肉親のことだけに、苦しい立場には違いないが、

「比呂子はんは異常や」

今のままでは、永子や綾子を東京へ帰らすわけには行かないと、信子は勿論、重治も腹をきめている。

「なんにしても、夫婦で話し合って解決せなならん大事や、別れ別れに暮していて、もしおたがいが誤解でもしたら、取り返しがつかんことになる」

兄にいわれるまでもなく、永子はそれを案じていた。くよくよと一人で思いわずらっているよりも、パリへ行って夫と話し合えば、解決も早いような気がする。

夜が更けて、漸く風が出たのか、軒の風鈴が澄んだ音色をたてはじめた。

B

翌日、永子は旅行社へ出かけて、パリ行の便を調べた。

幸い、その旅行社が計画しているパリへのツアーがいくつもあって、出発日と帰国日はきまってしまっているが、それでかまわなければ、団体料金なので、かなり安く行けるのがあると親切にいってくれた。

いわゆるフリータイムの多いツアーなのでパリのホテルはきまっているが、食事も個人で支払うことになっているし、ホテルが必要なければ、その分の費用は引いてくれるともいう。

パンフレットをもらって、永子はそこから蹴上にあるホテルへ向った。

今日は佐竹がみちると綾子を連れて、そこのプールへ遊びに行っている。

プールサイドへ行くと、佐竹は一日で、すっかり日に焼けて、二人の子供に泳ぎのコーチをしている。

「ママ、クロールが出来るようになったのよ」

綾子がプールの中から手をあげて嬉しそうに呼んでいる。

みちるは水泳が得意で、背泳も、平泳ぎも巧みにこなして、永子にみせてくれた。

「ママも水着を持ってくればよかったのに」

プールサイドでみている永子に、綾子はそんなことをいい、一向に帰る気配もみせない。

「折角ですから、もう少し、泳がせて、夕食をここで一緒にしませんか」

佐竹が永子にいうと、子供二人はとび上って喜んでいる。

結局、永子は実家へ電話をして、ホテルで佐竹と食事をして帰ると連絡をした。

佐竹は、このホテルの中にある日本間の離れを予約してあって、子供達の着がえは、そっちにおいてあるという。

「ちょうど、あいていましたので、風呂へ入ったり、食事をしたりに便利だと思って……」

十畳に六畳の離れ家は、大きな風呂場がついていて、プールの水に冷えた子供達は早速、佐竹と三人で入浴した。

その間に、永子は三人の水着を洗って、テラスの外へ干す。

「折角、部屋があるので、食事もこっちへ運ばせます」

子供達には好きなものを注文させ、冷蔵庫からビールやジュースを出して、くつろいでいると、まるで一家そろってバカンスに来たような感じである。

賑やかな食事がすんで、それでも遊び足りないようなみちると綾子は、ホテルの庭ではじまった花火をみに出て行った。

「パリへ行って来ようと思いますの」

佐竹のビールにつき合って、子供達よりもだいぶ遅れた食事の、御飯をよそいながら、永子はいった。

「そのほうがよいと、祖母も兄も申しますので……」

「永子さん、お一人でですか」

「まだ、綾子には、なにも話して居りませんが」

綾子が行きたがったら連れて行ってもいいと永子は考えている。

「ただ、話の内容が、あまり、子供には聞かせたくないことばかりなので……」

佐竹は、ちょっと黙って、箸を動かしていた。

永子は、少し、あてがはずれた。

佐竹が、そりゃいい、早く行っていらっしゃいといってくれるような期待があった。考え込んでしまったような佐竹の様子に合点《がてん》が行かない。

「男の仕事の場所へ、家庭のトラブルを持ちこむのは、いけないことだとは思いますが……」

いいさした永子へ、佐竹は慌てたように顔を上げた。

「そんなことはないでしょう。家庭というのは、やはり夫婦の共同責任ですから……」

いつの便で発つのかといわれて、永子は旅行社のパンフレットをみせた。

「来週に、都合のいい切符がとれますそうで……団体旅行のに、ついて行きますの」

「北廻りですね」

佐竹のつとめている航空会社の便であった。

「パリへ遊びに行く方々にまじって、なんだか仲間はずれの気分ですけれど……」

観光旅行に浮かれている人々の間に、家庭の問題を夫に相談に行く人間がまじっているのは、なんとなく気がひけるようだが、

「そんなことはないでしょう、団体旅行の中にもいろいろな人がいる筈ですよ。失恋して傷心をなぐさめに旅立つ人もあるし、みんなさまざまの人生を持っているわけですから」

「それはそうですわね」

「ひょっとすると、パリでお目にかかれるかも知れません」

気がついたように、佐竹がいった。

「来週はフライトが、パリまでなんです」

部屋の電話が鳴った。

電話には、佐竹が出た。

「お宅からです」

受話器を、永子へ渡した。

兄の重治であった。

「新田さんいわはるお人から電話があってな。女の人やったそうやけど、うちの店のもんが、あんたが佐竹さんと、そっちにいるというてしもたら、なんや、そっちへ行くようなこというとったそうでなあ」

「新田さん……？」

「パリから帰って来たような話やったそうやがな」

「パリから……新田恭子さんかも知れないわ」

「知ってる人か」

「邦夫さんの会社の方なの。パリにいた時分、親しくしていたから……」

「そうか」

重治は安心したようであった。

「店の者が、えらい愛想のないことで申しわけなかったとお詫びしといてえな」

「そんなこと、気にしないで……」

永子が受話器をおいて、ふりむくと、佐竹がひどくこわばった表情をしていた。

「どなたか、パリからみえたんですか」

「主人の秘書をしていた方ですの。新田恭子さん……ずっと、むこうにいらしたんですが、バカンスかしら」

ご主人がフランス人だと、永子は説明した。

「ご主人がいらっしゃるんですか」

「私達が、むこうにいる時分に、御結婚なさいましたの」

佐竹の表情が、いくらか明るくなった。

部屋のブザーが鳴った。

女中が食事を下げに来たのかと思ったのだが、

「こちらに、木村さんの奥様はいらっしゃいますか」

永子は思わず、はいと答えていた。

新田恭子の声に、まぎれもない。

玄関へ出て行くと、新田恭子は沓脱《くつぬ》ぎのところに立っていた。

黒いロングスカートにジョーゼットのブラウスという恰好である。

「ご実家へお電話しましたら、このホテルへ来ていらっしゃるといわれまして、私も、実は、ここへ泊って居りましたので、フロントできいてみましたら、佐竹さんのお名前でお部屋がとってあるそうで……」

佐竹が奥から出てきた。

「その節は、失礼しました」

恭子に頭を下げ、永子にいった。

「子供達のところへ行って来ます。かまいませんから、こちらでお話をなさって下さい」

庭下駄をはいて出て行った。

永子は、恭子をホテルのロビイかティルームへ案内して、そこで話をするつもりだったが、恭子はずかずかと部屋へ上りこんでしまった。

食事が終ったばかりのテーブルを眺めている。

永子は仕方なく、庭にむかった広縁の椅子へ恭子を導いた。

女中が入って来て、食卓を片づけて行く。

別にコーヒーを二人分、運んで来た。すべて、佐竹の心づかいのようである。

「佐竹さんを御存じでしたの」

意外であった。

「この前パリでお逢いしたのよ。ご主人さまとレストランでお食事をなさったところへ私が迎えに行って……」

「そうでしたの」

佐竹と逢っているなら、別にあらためて説明しなくともよさそうであった。

「今日、綾子をここのプールにさそって下さったの。佐竹さんのお嬢さんと綾子がお友達で……迎えに来て、お食事を御馳走になったところなの」

恭子は、そうした説明に、あまり関心がないようであった。

「ご主人、お元気よ」

「恭子さんには、いろいろお世話になっているのでしょう。本当に、お礼があとになってしまって……」

いつ、パリから、と永子が訊くと、恭子は苦笑した。

「二、三日前よ」

「ご主人さまとご一緒……」

「彼とは別れたの」

冗談かと思ったほど、さばさばした返事である。

「目下、独身……」

「お子さんは……」

「いるわ」

恭子が眼をあげて、永子をみた。

「男と女の関係なんて、ガラスみたいにこわれやすいものじゃないの。子供なんかをくさびにしたって駄目よ。第一、子供がかわいそうじゃないの」

あとになってみると、恭子のこの発言は大層、意味深いものだったのに、その時の永子は、うっかり聞きのがした。

「ご主人さまには、いや、支店長にはというべきかな」

恭子は軽く髪をゆすって続けた。

「離婚の時、とてもお世話になったわ」

「最近のことですの」

「そうなの、つい、先月……」

コーヒーに砂糖を入れずに飲んだ。

「あの……主人、なにか申して居りませんでした」

そっと永子は訊ねた。秘書が休みをとって日本へ帰るなら、なにか、永子へことづてがあってもよさそうな気がした。それで、恭子が京都まで来てくれたのではなかったのか。

「別に、なにも……」

「私、来週、パリへ行こうと思って居りましたの」

出来れば、来週からの邦夫のおおよそのスケジュールが知りたい。めったにあることではないが、パリから出張でブラッセルやジュッセルドルフ、ロンドンなどに出かけることもある。

「来週……」

恭子は眼を大きくした。

「ちょっと、主人に相談したいことがありまして……」

「あら、ご主人様、もうお帰りになる筈ですわ」

思いもよらないことを、恭子はいいだした。

「主人が帰国……」

「ええ、日は決まっていませんけれど、遅くとも、来週あたりに辞令が出るのじゃなかったかしら」

「本当ですの」

それなら、なにもパリまで出かけて行く必要はなかった。

団体料金といっても、永子の身分では、決して安易な出費とはいえない。

「下手をすると行き違いになりかねませんわよ。お待ちになったほうがよろしいわ。ご主人様から、間もなく御連絡もありますでしょう」

恭子にいわれて、永子は、ほっとした。

夫が帰って来てくれるのが、なによりの頼みである。

庭から子供達の声がして、佐竹が二人の子の手をひいて戻って来た。

「お目にかかれてよかったわ。それじゃ失礼します」

佐竹をみると、恭子は慌しく部屋を出て行った。

部屋代や食事代を佐竹が払って、駐車場へ四人で下りた。

佐竹は兄の車を借りて来ている。

「御主人から、なにかおことづけでも……」

佐竹も、恭子の来訪を、そんなふうに考えていた。

「いいえ、主人、もう帰ってくるそうですの」

「お帰りになる……」

「来週あたり、辞令が出るそうです」

「よかったですわ。うっかり連絡もしないで行ったら、もったいないことになりました」

「そうですか」

「パパ、帰ってくるの」

綾子がききとがめ、

「よかったわねえ、綾子ちゃん」

みちるが綾子の肩を叩いた。

「よかったね」

佐竹もいった。

「パパがお帰りになるなんて、綾子ちゃん嬉しいだろう」

「嬉しいわ」

綾子の声がはずんで、永子は肩から力の抜ける思いがした。

「新田さんは、ご主人とお里がえりですか」

なにげなく、佐竹がきき、永子は口ごもったが、やはり、本当のことをいった。

「離婚なさったそうですの」

「離婚……いつです」

「つい、先月ですって……」

佐竹が再度、黙ったが、夫の帰国の情報に心がはずんでいた永子は、気がまわらなかった。

「やはり、国際結婚は難しいのでしょうか」

国際結婚というより、結婚そのものが難しいのだということを、永子は忘れていた。人の不幸よりも、夫が身近に帰って来てくれるという現実に、気持がとらわれている。

辻村家の前で、佐竹の車から下りた。

「ありがとうございました」

挨拶もそこそこに、家へ入ったのは、邦夫が帰ってくることを、少しも早く祖母や兄に伝えたかったからである。

そんな永子を、佐竹は運転席から暫くの間、みていた。

永子は夫を信じ、夫を頼みにしてその帰国を待っている。

永子の信頼に、木村邦夫が応えてくれるだろうか、と佐竹は不安になった。

佐竹の瞼に、パリのレストランから並んで車で去った木村邦夫と新田恭子の姿が浮んでいる。

あれは、支店長とその秘書という雰囲気ではなかったように思う。

しかも、新田恭子が夫と別れたのは、ごく最近らしい。

悪い予感がした。

「パパ、どうしたの」

みちるの声で、佐竹は車をスタートさせた。

C

八月のなかばまで、永子は夫の帰国を待ち続けた。

「パパ、いつ、帰ってくるの」

綾子に何度もいわれて、永子はパリへ電話を入れた。

滞在している筈のホテルに、邦夫は居なかった。

フロントの話では、先月のはじめに引払っているという。

驚いて、永子はパリのオフィスへ電話を入れた。

「木村さんはバカンスです」

フランス人の女事務員は、きわめてビジネスライクであった。

邦夫の転居についても、知らないという。

「それでは、新田恭子さんをお願いします。もうそちらへお戻りと思いますが……」

藁にもすがるつもりでいったのに、

「新田さんは辞めました」

「なんですって……」

つい、日本語が出た。

新田恭子は六月限りで、会社を退職しているといわれ、永子は狐に化かされているようであった。

この前、京都のホテルで逢った時、恭子は会社を退職したなどとは、一言もいっていない。

「あたし、東京の本社へ行って来ます」

電話で訊けることではなかった。

綾子を祖母にあずけ、永子は単身、上京した。

京都の夏も暑いが、東京も猛暑であった。

夫の勤めている会社は丸の内に本社がある。

受付で永子は総務の仲田勇を呼び出してもらった。

仲田は、邦夫の友人で、結婚後もよく、つき合っていたし、永子達がパリにいる時分、ジュッセルドルフまで出張で来た帰りに立ち寄って、四泊ほどパリで遊んで行ったことがある。

仲田は、すぐにやって来た。

ちょうど、午休みである。

「よかったら、飯を……」

仲田が誘って、近くのホテルの地下にある日本料理店へ案内してくれた。

「あの、申しわけありませんが……」

言葉をえらびながら、永子は夫の滞在先のホテルへ連絡したところ、変ってしまっていて、困っている旨を伝えた。

「きっと、忙しくて、それどころではないのでしょうけれども……」

「あきれた奴ですね」

仲田は豪放に笑った。

「ホテルを変って、奥さんにも知らせないなんて……」

オフィスへ連絡して、調べさせるといってくれた。

「主人は今、バカンスだそうですが……」

日本へ帰る予定は、いつ頃になるのかわからないだろうかと、おそるおそる訊ねた。

「くわしいことはわかりませんが、今、うちのほうのヨーロッパ市場は、いろいろと厄介な問題が続出してましてね。彼の後任で行った男が、病気で帰国して、胃の手術をしたわけですが……その男が、いささかノイローゼ気味ということもあって……」

後任が、まだ決定しないらしいという。

「結局、誰がいっても、木村君ほどの適任者はいないということで、一段落するまで、彼が、むこうにいることになるのじゃありませんか」

「今月中に帰るというような話は……」

「今月は無理でしょう。誰が、そんな話をしました」

「あちらで秘書をしていらした新田さんですが……」

「ほう……」

「間違いだったんですわ。その方、もう、会社をお辞めになった方ですし……」

慌てて、永子は仲田の追及を封じた。

「奥さんも大変ですな。ご主人と別居が長くなると、お子さんの教育のことやら、いろいろ、御心配でしょう」

仲田は永子をいたわってくれた。

「まあ、お子さんの夏休みの中に、むこうへ行けたら、一度、逢いに行ってあげて下さい。それくらいのことは、会社のほうでも便宜をはかりますよ」

「とんでもないことです。会社に御迷惑をおかけするつもりはございませんので……」

仲田と別れて、日比谷の交差点に立った永子は、茫然とした。

いったい、新田恭子はなんのために、あんなでたらめをいったものか。

永子がパリに行くといってから、

「御主人は間もなく帰国されますわ」

といった恭子である。

あれは、永子をパリに行かせないためではなかったのか。

強すぎる太陽の下で、永子は、軽いめまいを感じて立ちすくんだ。

パリの秋

A

北廻りの便で、木村永子がシャルルドゴール空港に着いたのは午前十時であった。税関を出て、ターンテーブルから中型のスーツケースを受け取って、永子はあたりを見廻した。

あらかじめ、夫のパリのオフィスにあてて電報で今朝の到着を知らせておいたのだが、邦夫の出迎えはないようである。

とうとう、夫と連絡がとれないままに、パリまで来てしまったのかという思いが、永子を捕えた。

日本を出発するぎりぎりまでに、何度も手紙を出したし、オフィスにも電話を入れた。

「支店長は、只今、バカンスです」

という返事だけであった。

パリでは、慣例で、日本よりは遥かに長く夏の休暇がとれることは、永子も夫と共にパリで生活したことがあるから、勿論、知っている。

そんな時は、大抵、夫婦で旅をした。ドイツへ行ったこともあるし、スペインを廻ったクリスマスの休暇もある。綾子が誕生してからは、もっぱら、スイスで休暇をすごすことが多かった。

だから、邦夫のバカンスが長いのには、それほど驚かなかった。

しかし、不思議でならないのは、もしも、十日なり、二週間なりの休暇がとれたのなら、なにはさておいても日本へ帰って来てくれる筈の邦夫が、いったい、どこで、どんなバカンスをすごしているというのだろうか。

妹の離婚も、それに伴う事件の結果、永子が家を出て、京都へ帰っているのも、知らない邦夫ではなかった。

休みがとれたら、とぶように帰国してもらいたいと永子は思っている。

夫は、わずらわしさを避けたいのかとも考えた。

パリへ出張した夫の仕事が、かなりきびしいらしいのは、この前、東京の本社へ、夫の同僚の仲田勇を訪ねたとき、彼の口からもきいている。

それでなくとも、長期に渡る海外出張で疲れ果てているに違いない夫が、漸《ようや》くとれたバカンスを家庭のトラブルで費したくないと思ったとしても、止むを得ないとも永子は思いやっていた。

だが、寂しさは心の奥から溢《あふ》れ出てくるようである。

木村家のトラブルは、彼の肉親から起ったことであった。いわば、永子も綾子も被害者である。

妻や小さな娘が、不安な夏を心細く暮しているのを、夫はまるで思いやってもくれないのだろうか。

永子の心に、夫に対する不信の気持が、僅かながら芽生えはじめたのも、無理はなかった。

それに、帰国するあてもなかった夫のことを、間もなく日本へ戻ると偽った新田恭子についても、疑惑が湧いた。

新田恭子の実家へ連絡してみると、彼女の母親が電話に出て、

「恭子は、もうパリへ帰りました」

と答えたことも、永子を不安にした。

母親は、彼女の離婚も、会社を退職したことも、全く知っていない。

「休暇で帰国したらしいのですけれど、なんですか、忙しそうに、とび廻って居りまして……」

ろくろく、話をするひまもなかったと、老いた母親は電話口で愚痴をこぼした。

考えれば考えるほど、悪い想像ばかりが浮んで、永子は遂に、単身、パリへ発つことを決めた。

綾子の夏休みも、もう二週間ほどしか残っていない。

私立の小学校で九月十日が始業式なのが、有難かった。

「パパのところへ行って、いろいろ御相談をしてくるから、京都でお留守番をしていてね」

という永子に、綾子は黙ってうなずいた。

子供心にも、帰ってくるといわれて、容易に帰国しない父親に不審を持っている。

「一人で大丈夫か、兄さんも行ったるで……」

と重治はいったが、

「大丈夫、長年、暮していたパリへ行くのですもの」

永子は笑って固辞した。

何事も夫婦二人で話し合いたかった。

第三者を加えては、こじれなくてもよい話がこじれる危険のあることを、永子は本能的に悟っていた。

だが、パリの空港で出迎えもないという現実におかれてみて、永子はやはり途方に暮れていた。

夫は、まだ、バカンスから帰っていないのかと思う。

スーツケースを乗せた手押車を押して、永子はタクシー乗り場へ歩き出した。

ホテルの予約はして来なかった。

夫が出迎えに来てくれれば、夫の滞在しているホテルへそのまま行くつもりであった。

万一の時は、シャンゼリゼに近いペンションを考えていた。むかし、邦夫とパリへ来て間もなく、適当なアパートがみつからないままに、半年も泊っていたペンションである。もう六十に近い未亡人が一人でやっているペンションで、部屋数も少く、下宿のような感じだったが、永子にとっては、なつかしい宿であった。

まず、夫のオフィスへ行ってみようと思った。そこで、夫のバカンスがいつまでかと確認して、それから宿を決めようと考える。

タクシー乗り場には、人が行列していた。

パリは、もう秋風が立っている。

一年半ぶりのパリであった。久しぶりに口にするフランス語がぎごちなく、永子はそんなことにも心細くなっていた。

邦夫が働いているオフィスはセーヌ河の右岸のカルチエにあり、グラン・ブールヴァール通りから少し入ったところのビルにあった。

この地区は、いわゆるビジネスマンの町で、丸の内などと同じく、昼の人口と夜の人口にひどく差が出来る。

八月も末に近い、このあたりは、まだバカンスから帰って来ない人も多く、車も常の月よりは少なめにみえた。

オフィスの受付にスーツケースをあずけて、永子は夫の名をいい、秘書を呼んでもらった。

間もなくやって来たのは、金髪の背の高い女であった。彼女と一緒に、ずんぐりしたタイプの日本人社員が永子に近づいた。

「木村さんの奥様ですね」

男は、少し関西なまりのある声でいい、名刺を出した。

「この春、本社からこちらへ参りました藤本といいます」

道理で、永子には見おぼえがなかった。

「支店長への電報は、僕がおあずかりして居ります。空港へ、うちの社員の田中というのをお迎えにやったのですが……お逢いになりませんでしたか」

「いえ……私、そういう方がいらっしゃるとは思いませんでしたので……」

夫が来ていないとわかって、すぐにタクシー乗り場へ向った。

「それでは、行き違いになったのでしょう。どうも、申しわけありません」

「いいえ、プライベートなことでございますから……」

永子は恐縮した。実際、会社に迷惑をかけるつもりはなかった。

木村邦夫は支店長の仕事を代行しているが、形はあくまでも長期出張であり、パリ駐在ではない。ビジネスマンの妻として、そうしたけじめも持っているつもりであった。

「少々、主人と相談しなければならないことがございまして、急に出て参りましたのですけれども……主人は、まだバカンス中なのでございましょうか」

永子がいうと、秘書が日程表のようなものを藤本にしめして、フランス語で説明した。

いくらか、くせがあるが、永子に聞きとれる程度のフランス語である。

木村邦夫のバカンスは、八月二十八日までであると秘書は説明した。

今日は二十五日である。

「主人がバカンスに、どこへ参っているかご存じありませんか」

この問いは、東京からの国際電話でも繰り返し、秘書の返事は否であった。

果して、今も、ノンと首をふる。

「それでは、主人がこちらで滞在して居りましたホテルは……あの、日本から参りまして、最初に泊って居りましたホテルを移ったようなのですけれど……」

それにも、秘書は知らないと答えた。

「どうも、こちらでは、秘書といえどもプライベートなことには、一切、かかわりないという主義でして……」

藤本が弁解したが、そんなことは、もとより、永子も承知している。

「どなたか、ご存じないでしょうか、パリでの、主人の住所を……」

「たぶん、田中君が知っていると思いますが……」

このオフィスに、日本から来ている日本人社員は何名もいないようであった。殆どが現地採用の外国人である。

その田中和一郎が戻って来たのは三十分ばかり後であった。

「申しわけありません。どうも、ぼやぼやして居りまして……てっきり、お嬢さんがご一緒と思ったものですから……」

永子の顔を知らないこの若い社員は、子供連れの母親を見当に、乗客の中から前支店長夫人を探していたものらしい。

「あいにく、奥様を存じ上げている社員が、大杉君はヨハネスブルグに出張中ですし、高柳さんはブラッセルへ転勤になりました。水上君と吉川君は本社へ戻りましたし……」

木村邦夫がパリの支店長をしていた時分とは、オフィスのメンバーもかなり替ってしまっている。

「支店長がお留守ですので、とりあえず、ホテルを予約しておきました。ご案内しながら、いろいろ、お話ししたいと思います」

田中和一郎という青年は、てきぱきといい、永子のスーツケースを受け取って、自分が先に立った。

外に、彼の車が停めてある。

「失礼ですが……どうぞ……」

永子を助手席に乗せた。

ホテルは、エッフェル塔からセーヌ河に沿って行った十五区の一角である。

「実は、支店長のお宅へ御案内しようかとも思ったのですが、少々、不便なところですし、まわりの治安もあまりよいとはいえません。支店長がいらっしゃれば別ですが……それに、アパートの鍵を支店長がお持ちになってお出かけのようですし……」

「アパートなのでしょうか」

「はあ、カルチエラタンのはずれのほうです」

「いつ頃からそちらに移りましたの」

「七月だったと思います」

「どうして、東京へ連絡してくれなかったのでしょう」

「いや、そこは仮のお住いのおつもりだったのではありませんか。それに、あの当時、支店長はおそくとも七月中には帰国される御予定でしたから……」

「なにか、仕事のことで……」

「はあ、実は、とんでもないことが起りまして……」

その事情は、オフィスの殆どが知らないという。

「秘書も勿論、知りません。藤本君もくわしくは、わかっていないと思います。知っているのは支店長と古くからの社員の数名だけでして……」

車がホテルへ横づけになった。

「ともかく、チェックインしてしまいましょう」

田中が先に立って、フロントで手続きをした。

「それでは、荷物をおいて、すぐ参ります」

「よろしかったら、お食事でも……」

田中にいわれて、永子は時計をみた。午後二時になっている。

時差のためもあって空腹ではなかったが、田中のことを考えると、ことわるわけには行かなかった。

「それでは、ちょっと着かえさせて頂きます」

部屋へ入って、スーツケースからシルクのブラウスを出した。

東京から着て来たスーツの上着を脱ぎ、ブラウスを換えただけで、なんとか午食の席にふさわしい装いになる。

髪を直し、化粧を軽くして、永子がおりて行くと、田中和一郎が驚いた。

「随分、お早いんですね」

「そのかわり、こんな恰好で失礼します」

ダイニングルームはセーヌ河を見下す二階にあった。

軽い食事を注文して、田中はすぐ話を続けた。幸い、食事時間には遅くて、まわりには気がねするような客はいない。

「御内聞に願いますが、うちのオフィスに、昨年の秋、ニューヨーク支店から廻って来た宗方さんというのが、つい、このあいだ、詐欺にひっかかって、とんでもない契約をとってしまったんです」

宗方というのは、かなりのエリート社員で、木村邦夫の後任のパリ支店長の下にあって、着任早々、健康のすぐれない支店長の業務を代行して、かなりの腕をふるっていたらしい。

「それが、ひどいつまずきをやってしまいまして……詐欺だとわかったのが七月なかばでして……これが表沙汰になりますと、宗方さん個人の責任問題だけではなく、会社のメンツにかかわります。それで、目下、支店長が奔走しているわけでして……」

今度のバカンスも、名目はバカンスだが、本当は宗方のミステークの穴埋めのためにとび廻っているのだと、田中和一郎は説明した。

「そんなわけで帰国ものびてしまいましたし、御家族には御迷惑をおかけしてしまいましたが……」

今夜か明日、邦夫から田中へ連絡が入ることになっているという。

「その時、必ず、奥様がおみえになったことをお知らせしますので……」

「ありがとうございます」

事情がわかって、永子はほっとしていた。

そういうことなら、夫が帰国出来ないのも当然である。新田恭子の間違った情報も納得出来る。

しかし、田中和一郎は、もう一つ、大事なことを永子に伏せていた。そこまで話す必要はないと思って、ひかえたことだったが、それが、あとになって夫婦を危機にまで追い込むことになろうとは、彼にとっても予期しない結果であった。

「折角、パリまで、お出でになったのに申しわけありませんが、必ず支店長から連絡があると思いますので……」

夕食もお誘いに来ましょうかという田中の申し出を、永子は辞退した。

「パリには馴れて居りますし、お訪ねしたい友人もございますので……」

永子はシサリ夫人を訪ねるつもりであった。

パリへ来て、永子がもっとも逢いたい人の一人であった。

彼女に教えてもらったタオルの縫いぐるみの一件も、すでに手紙では知らせてあるが、直接、話してお礼もいいたいと思う。

だが、田中和一郎が帰ってから、シサリ夫人へ電話を入れてみると、

「奥様はご主人さまとスイスの別荘へお出かけになっていらっしゃいます」

という召使の返事であった。

B

午後を永子は少しねむった。

やはり、空の長旅で疲れていたらしい。

眼がさめたのは、六時前であった。

外は、まだ明るい。

セーヌ河を観光船が下っていた。夕暮の中で、なにがなしに旅情をそそる風景である。

少し、河のほとりを歩いてみたいと永子は思った。

電話が鳴ったのは、その時である。

「もしもし、佐竹ですが……」

思いがけない声に、永子はあっと思った。

「実はフライトで、さっき、着きまして……京都のみちるに電話を入れましたら、永子さんがこちらへ来られたというので、念のため、ご主人のオフィスに電話をしてみたのです、田中さんとおっしゃる方から、お泊りになっていらっしゃるホテルをおききしまして……」

佐竹の声がどこか青年のように、わくわくしている。

「お一人だそうですね」

「はい、主人は二十八日までバカンスで……」

「お疲れですか、よろしかったら、お食事を一緒にと思っているのですが……」

「疲れては居りません、今まで休みましたの。でも、佐竹さんこそお疲れでしょう」

「いや僕は、その……ただ、腹がへっているだけです」

その言い方に、永子はつい笑い出した。

パリへ来ているという解放感もあった。夫が帰国出来ないでいる事情もわかった今となっては、日本を出る時より、ずっと心は軽くなっている。

それに、佐竹なら気がねもなかった。

いつの間にか、夫の次に親しい男性のようになっている。

「ご一緒させて頂きますわ」

「すてきなところへ御案内しますよ」

七時にホテルへ迎えに行ってもよいかときき、佐竹は楽しげに電話を切った。

浮き浮きしたものが、永子の心にもあった。

パリで夫と食事をする時のために持って来たシルクジャージィのロングスカートに、ベージュのシルクのブラウスを着て、以前パリで買った金のネックレスとブレスレットをつけた。

こんな盛装をするのも、日本へ帰ってからは一度もなかったことである。

鏡の中の永子はあでやかであった。

姑と小姑の問題で、あくせくしていた時には、忘れていた華やかな雰囲気が永子を包んでいる。

永子は、そんな自分に満足して、ロビイへ下りて行った。

佐竹は、すでに来ていた。

まるで申し合わせたようにベージュの背広で同色の無地のネクタイが、垢ぬけている。

「ちょっと、きざですが……」

苦笑しながら、いたずらっぽく差し出したのは、白い蘭のコサージであった。

永子のブラウスによく映る。

「ありがとうございます」

日本では到底出来ないようなことが、パリでは、極めて自然にふるまえた。

佐竹は、永子の胸にコサージをつけ、それから車へ案内した。

「こっちの友人の車を借りて来ました」

スポーツタイプのイタリアの車である。

「レストランまでドライブしますよ」

一時間ほどかかるという。

パリの郊外であった。

国道十号線を走り抜け、ヴェルサイユを通過する頃には、すっかり夜になった。

「わかりましたわ。ランブイエへいらっしゃるのでしょう」

永子がいい、佐竹が笑った。

「いらしたことがありますか。当然、あるでしょうね。ずっと、こちらにいらしたのだから……」

レストランの名前を、佐竹がいった。

「いいえ、そちらへは行ったことがありませんわ」

「小さなホテルのレストランなんです。レストランのほうが有名で、ミシュランにも毎度、登場しています」

森の中だという。

「たのしみですわ」

車の中で、永子は差し支えない程度に、夫の帰国出来なかった理由を説明した。

佐竹は黙ってきいている。

「しかし、お電話ぐらいなさるべきですよ、御家族のことを考えたら……」

「主人って、そういうところがありますの。仕事に入ってしまうと、家のことは私にまかせっきりで……」

「奥様を信用なさっているわけですか」

「面倒くさがりなんですわ」

佐竹は一時間のドライブといったが、そのレストランへ着いたのは、八時前であった。

「案外早く来ましたね」

リザーブは済んでいて、すぐにテーブルへ案内された。

野外である。

森の中に、美しいテーブルクロスをひろげたテーブルがいくつも並んでいて、キャンドルの灯がゆらいでいる。

「ロマンティックでしょう」

「若くないのが残念ですわね」

佐竹が笑った。

「いやいや、まだまだ……」

そんな冗談が、佐竹の口から出るのをみても、彼も亦《また》、パリという都の雰囲気に巻き込まれているようである。

料理の注文をし、ワインを頼んだ。

メニュウの知識は永子のほうがくわしい。

「僕はフランス語のメニュウが苦手で、パリへ来たら蛙と鴨しか食わないことにしていたんです。永子さんのおかげで、今夜は旨《うま》いものが食えそうだな」

「お口に合いますかどうか、責任は持ちませんけれど……」

「今夜は、なにを食っても旨いですよ。フライトの終ったあとですからね」

乗務の関係で、パリで三日間の休暇だと佐竹はいった。

「ご主人がお帰りになるまでエスコートさせて下さい。勿論、ご主人の許可を得てからのことですが……」

不思議に、日本へ残して来た二人の子供のことが話題に出なかった。

佐竹は、もっぱら永子に料理のことを訊ね、話は世界の料理に広がって行った。

デザートが出て、食後のエスプレッソが来た時であった。

山小屋風のレストランのほうから、食事を終えたらしい男女が庭へ出て来た。その男のほうが、たまたまそっちへ視線をむけた永子を認めた。

「アンリさん……」

永子がナプキンをとって立ち上り、男が近づいて来た。

「佐竹さん、ご紹介しますわ。あの……新田恭子さんのご主人様でアンリさん……」

いいかけて、永子がためらったのは、新田恭子が離婚したといったのを思い出したからであった。

佐竹が立ち上って、挨拶をしかけたが、アンリはふりむきもしなかった。

「奥さん、あなたの御主人は、ひどい人ですね」

フランス語でいきなりまくし立てられて、永子はあっけにとられた。

「奥さんは、あなたのご主人がなにをしているのかご存じなのですか。わたしはなにも知らなかったのですよ。恭子と木村が、肉体関係を持っているなどとは……全く知らずに恭子と結婚したのです」

永子はフランス語を聞き違えたのかと思った。

「主人と恭子さんが……」

反問した。

「そうです。二人は恋人です。奥さんがパリにいた頃から……木村は恭子に子供が出来て、それで、恭子をわたしに押しつけたのです」

「まさか……」

「子供の写真、みせましょうか」

アンリは胸ポケットに手を入れた。財布の中から一枚の写真を出して、永子に突きつける。

赤ん坊の写真であった。混血児のようではない。

「日本人の赤ん坊です。わたしの子ではない。わたし、恭子を問いつめました。恭子がいったのです。子供の父は木村だと……」

「嘘です。そんな馬鹿なこと……」

「奥さん……」

アンリが叫んだ。

彼の剣幕に、近くのテーブルの客がこっちをみている。

「嘘ではない。木村は恭子のアパートに同棲している。カルチエラタンの、我々が以前暮していたアパートにね。そして今、木村は会社の金を持って、恭子と逃げ廻っているそうだ」

「嘘です」

永子は慄えながら応じた。

「会社では、そんなふうにいっていません」

「世間へは秘密にしているんですよ。木村がいつまでも日本へ帰らないのが、なによりの証拠です」

給仕人がこっちへ来るのをみて、アンリはテーブルをはなれた。

待っていた女をうながして、そそくさと森の中から立ち去った。

「永子さん……」

佐竹が永子をすわらせた。

給仕人にブランディを注文する。

「あれが、新田恭子さんのご主人ですか」

佐竹の言葉に、永子は、はっとした。夫と新田恭子のことを佐竹が知っていると思った。

女の直感のようなものである。

「佐竹さんは御存じだったのですか、主人と恭子さんのこと……」

佐竹が眼を伏せた。

「おっしゃって下さい。私には信じられないんです。そんな馬鹿なことがあるわけがないと思っています……でも……」

「永子さん……」

佐竹が制した。

「僕はなにも知りません。ただ、僕がこの前パリへ来た時、ご主人と夕食を共にしました。その時、レストランへ車で迎えに来られたのが、新田恭子さんだった……それだけのことです」

「レストランへ……恭子さんが……」

永子がうつむいてブランディを口に運んだ。

「それだけでは、なんともいえないでしょう。あのアンリという男の話も、いささか、可笑しい気がします」

だが、永子は打ちのめされていた。

赤ん坊の写真まで突きつけて、アンリがいうからには、それ相当の根拠がある筈である。

夫と恭子の間にスキャンダルがあると考えると、帰国しない夫にも、この前、京都へやって来た恭子の態度にも思い当るのだ。

「あたし……」

無意識に永子は立ち上りかけて、よろめいた。眼の前が急に暗くなる。

「永子さん」

佐竹の手が、永子を抱きとめた。

意識のない永子を佐竹はこのレストランのホテルへ運んだ。

永子が貧血を起したのはわかっている。

暫く、安静にさせたほうがよさそうであった。

ホテルの部屋まで、永子の体を軽々と抱いて行った。

給仕人やホテルの従業員は、佐竹と永子を夫婦として扱っている。

「暫く、やすませて帰りたいから……」

永子の靴をぬがせ、ベッドに横たえてから、佐竹はブランディを頼んだ。

永子はぐったりと横たわっている。

衿許が苦しげであった。気がついて、佐竹はブラウスのボウをほどき、ボタンをはずした。

ベージュのブラジャーから、永子の形のよい乳房がのぞけている。
柔かな永子の首筋に、佐竹は唇をあてた。
この女《ひと》を得たいという欲望が、佐竹の内部で、不意に大きくなった。

行きちがい

A

木村邦夫がパリへ戻って来たのは、その夜の八時すぎであった。

予定より早く戻ったことを、オルリー空港から田中和一郎に電話して、はじめて、永子が日本から訪ねて来ているのを知った。

「東京から何度か、お電話をなさったそうですが、秘書の説明不足で、大変、御心配になって、パリまでお出でになったようです」

「家内が一人でですか」

「そうです」

とりあえずホテルへ御案内して、事情はお話ししておきました、と田中からいわれて、邦夫は礼をいった。

オルリー空港からタクシーで、妻の泊っているホテルへ向った邦夫の気持は不安であった。

自分が留守にしている中に、母や妹達と永子の間に、なにか決定的な問題が起ったのかと思う。

永子がすでに、綾子を連れて京都の実家へ帰っているのは知っていた。妻と姑、小姑とのトラブルについて、邦夫はあまり重大に考えていなかった。

自分が帰国すれば、容易に解決が出来ると思っていたし、それまで別居していることも、むしろ両者の間をそれ以上、険悪化させないためにも、好都合と考えていた。

それだけに、永子が一人でパリまでやって来たことに戸惑いをおぼえたのだ。

ホテルへ着いて、田中から教えられた部屋へ電話をしてみると、留守であった。

フロントに部屋の鍵があることからしても永子は外出中のようである。

シサリ夫人のところへでも行ったのかと思い、電話してみると、召使が出て、シサリ夫人はスイスにバカンスに出かけているという。

それでも、邦夫は、妻がパリにいる友人の誰かと食事に行ったと考えていた。

十二時近くまで、邦夫はロビイで待ったが、永子は帰って来ない。

遅すぎる妻の帰りを、邦夫はそれほど不思議に思わなかった。

パリという都会は夜が遅い。

食事時間がそもそも遅い習慣だし、それから寄席や劇場へ出かければ、午前一時、二時になるのも承知していた。

久しぶりに、パリへ来て、永子が羽をのばしていると邦夫は考えていた。

女友達に誘われて、シャンソニエかディスコテックにでも出かけているのかと思う。

そんなふうに考える点では、邦夫は暢気《のんき》であった。一つには、妻を信じ切っているせいでもある。

「仕様がない奴だな、全く……」

小さく独り言をいって、邦夫は立ち上った。

彼の心の中を、もっとも大きく占めていたのは、明朝早々に本社へ送らねばならない報告書のことであった。

妻に逢いたい気持がなかったわけではないが、仕事の重みのほうが、彼をせっかちにしていた。

まさか、ホテルのロビイで、書類を拡げるわけには行かない。

邦夫はホテルの玄関を出て、タクシーに乗った。

帰ったのは、カルチエラタンのアパートであった。

そして、永子は夫と、ほんの一足違いで、佐竹に送られてホテルへ戻って来た。

「大丈夫ですか」

部屋の前まで、永子を送って、佐竹は、まだ顔色が本当でない永子の様子を気づかった。

「申しわけありません。お恥かしいところをおみせしてしまって……」

ランブイエのホテルの部屋で意識をとり戻すと、すぐ、永子はパリへ帰ることをのぞみ、佐竹も彼女をいたわりながら車でレストランを後にした。

「後悔しています。あんなところへおさそいしなければよかったと思って……」

アンリとの出逢いのことであった。

楽しい夜の食事が、永子にとっては寝耳に水のショックを受ける結果になった。

「いいえ、めぐり合せですわ」

「今夜は、なにもお考えにならずに、おやすみ下さい。明日、又、お電話をしてうかがいます」

「ありがとうございます。おやすみなさい」

部屋へ入ってドアを閉めると、永子は倒れるようにベッドへ腰を下した。

アンリの言葉の一つ一つが、永子の心に突きささっていた。

夫が新田恭子と同棲しているばかりか、恭子の産んだ赤ん坊は、夫の子だとアンリはいう。

そればかりか、夫は会社の金を着服して逃亡中というのだ。

まさか、と思った。

そんなことがあれば、当然、留守宅へも、会社から、なんらかの連絡があるだろうし、パリへ来た永子を出迎えた社員にも、もっと違う態度があったに違いないと思う。

佐竹も、アンリの話は、合点がいかないといい、本気にしてはいけないと何度もいった。

迂闊に、他人の言葉を信じて、夫を疑うのだけはやめようと、永子は思いつめていた。

邦夫の口から真実を聞くまで、夫を信じていなければと思いながら、永子は受けたショックの大きさに打ちのめされていた。

電話が鳴った。

佐竹であった。

フロントからかけているという。

「しつっこいようですが、今夜はなにも考えないでやすんで下さい。綾子ちゃんのためにも、しっかりしていて下さい」

「ご心配をおかけしてすみません。もう大丈夫ですわ」

綾子の名をいわれたことで、永子はしゃんとしていた。本当に、佐竹のいう通り、綾子の母として、しっかりしなければならないと思う。

「やすみます、なにも考えずに……」

そっと受話器をおいて立ち上った。服を脱ぎ、バスルームに入った。

鏡の中の永子は蒼ざめていたが、気持は落ちついていた。

自分は、木村邦夫の妻であると同時に、綾子の母だと思った。

夫婦として、危機をむかえているなら、娘のために、より聡明でなければならなかった。

娘のためにも、自分のためにも軽はずみをしてはならない。

そう教えてくれた佐竹に、永子は感謝していた。

眠れる筈はなかったが、つとめてなにも考えまいと努力して、ベッドに横たわっている中に、夜があけた。

田中から電話があったのが、ちょうど七時半で、

「早くに申しわけありません。昨夜、支店長とお約束しまして、今、ロビイに参って居りますが……」

永子はあっけにとられた。

「主人ですって……主人が帰りましたのでしょうか」

田中が慌てた。

「昨夜、こちらへいらっしゃいませんでしたか」

電話では、まどろこしくて、永子はロビイへ下りて行った。

田中は電話をしていた。支店長は昨夜、アパートのほうへお帰りになったそうです」

「失礼しました。支店長は昨夜、アパートのほうへお帰りになったそうです」

オルリー空港からの連絡で、永子がこのホテルへ泊っていることを知らせたので、

「てっきり、こちらだと思いまして……」

「ホテルへ来てくれたのだと思いますわ。私、昨夜、知人と食事に出まして、気分が悪くなって、戻ってくるのが遅くなりましたので……」

「支店長も、そのようにおっしゃっていました。昨夜はアパートで、徹夜で本社への報告書をまとめられたそうです」

これからカルチエラタンのアパートまで行くが、もしよければご一緒にといわれて、永子は、うなずいた。

「お願いします」

一刻も早く、夫に逢いたかった。夫がパリへ帰って来ているなら、尚更である。

カルチエラタンのアパートは古めかしかった。

ぎょっとしたのは、田中のあとから部屋へ近づくと、ドアのむこうで赤ん坊の泣き声がしたためである。

田中がドアをノックして、中から、邦夫の声が答えた。

「田中です。失礼します」

田中がドアをあけて、永子は部屋の中をみた。

中年の女が赤ん坊のおしめをかえて居り、邦夫がテーブルの上でミルクを作っていた。

田中と永子をみて、苦笑する。

「てっきり、ホテルと思って、参りました。奥さまをお連れしました」

田中がいい、赤ん坊をみた。

乳母らしい女が赤ん坊を抱いて邦夫の作ったミルクを飲ませる。

「お帰り早々、支店長も大変ですね」

「新田君の具合はどうかな」

「順調ですが……まだ、退院までには少々かかりそうです」

「そうか、当分、君達が大変だな」

邦夫は机から書類を封筒に入れて持って来た。

「完全とはいえないが、なんとか火は消えたよ。これを本社へ至急、送ってくれ」

「承知しました」

永子は、ぼんやり赤ん坊を眺めていた。この子が、夫と新田恭子の間に生まれた子だというのか。

「おい、いったい、どうしたんだ」

夫の声で、永子は我にかえった。

「なにかあったのか」

永子は、夫をみつめた。

「私の手紙、読んで下さいました……」

「ああ」

「でしたら、お電話ぐらい……」

田中の手前、自制しなければと思いながら、永子は涙が出そうになった。

「それどころじゃなかったんだ。心配するなといってあっただろう」

「そりゃ支店長、無理ですよ」

田中が傍から口を添えた。

「奥さまにしてみたら、御心配なさるのが当然です」

「連絡がないのは、元気でいる証拠なんだがな」

流石に、邦夫は妻の立場を思ったらしい。

「九時には出社するが、それまでに頼む」

「承知しました」

書類を持って、田中は足早に出て行った。

中年の女はミルクを飲み終った赤ん坊を抱いて、出て行った。

奥の部屋へ寝かせに行ったらしい。

「私、昨夜、アンリさんに逢いました」

落ちつかねばならないと思いながら、永子は夢中でいった。

「どこで……」

「ランブイエのレストランですわ」

「女と一緒だったろう」

「ええっ……」

「色の浅黒い、ユダヤ人の恋人だよ」

「そういえば……」

「なにかいってたか」

永子は眼を伏せた。

「あなたと恭子さんのことを……」

「俺と、新田君……」

「赤ん坊は、あなたの子ですって……あなたが恭子さんと同棲して、会社のお金を持って逃亡したと……」

「あきれた奴だな」

「嘘なんですか」

「本気にしたのか」

「いえ……でも……」

「冗談じゃあないよ。あの赤ん坊はアンリと新田君の子だ」

「私、恭子さんに、京都で逢いましたの。離婚したとか……」

「そうなんだ」

邦夫は手ぎわよく、コーヒーを淹《い》れていた。

しばらく逢わない中に、少し痩せて、今朝は髭も剃っていない。徹夜の疲労がはっきり顔に出ていた。

「田中君からきいたろう。俺がとび廻っているわけは……」

「宗方さんのミスですか」

詐欺にひっかかって、とんでもない契約をとってしまったという事件である。

「その詐欺の契約の橋わたしをしたのがアンリだったんだよ」

邦夫はコーヒーを苦そうに飲んだ。

「僕がこっちへ来て、書類をみて、すぐ気がついた。アンリを呼んで、問いただしたんだが、彼はのらりくらりして、返事をしない。これは危いと思ったんで、一方では契約破棄をし、アンリを追及したんだ。ところが、彼は、危いとわかると家をとび出して帰って来ない。仕方がないから、こっちは、俺や田中君や、二、三人が交替でこのアパートに張り込んでアンリの帰ってくるのをねらったんだが、そうすると、彼は人を介して、新田君との離婚をいって来た。どっちかと邦夫は眉をしかめた。日本人は信用がおけないというんだな」

信用がおけないのは、どっちかと邦夫は眉をしかめた。

「いろいろあったんだが、結局、その事件で新田君はアンリと別れることになってしまってね……その点は、彼女はかわいそうなことになった……」

離婚になったきっかけには会社が絡《から》んでいるし、新田恭子は秘書なので、随分、相談にものったし、なんとかしてやりたいと努力したのだが、

「新田君はノイローゼのようになって、それで一度、日本へ帰したのだが、すぐにパリへ戻って来て、自殺しそこねた……」

「自殺……」

「田中君の奥さんが発見して……新田君が半病人になってから、赤ん坊は田中君の奥さんや、会社のこっちへ来ている大杉君や山本君の奥さんたちが協力して、交替でこのアパートへ来て面倒をみてくれているんだ。夜はみんな家庭があるから、乳母をたのんで、昼間は奥さん達がやって来て、世話をしている。大体、午前九時には来るんだが、その

日は田中君の奥さんが当番でやって来て、薬を飲んでいた新田君を発見して、病院へかつぎ込んだんだ……」

命はとりとめたが、ずっと入院中だという。

「お前にはすまなかったが、七月からこっち大変なさわぎだったんだ。なんとか、会社の恥を世間へ洩らさず、始末がついた。経済的にも、大きな損失にせずに片がついたんだ。それが、昨日のことでね。これが終ったら、すぐにも帰国しようと思っていたんだよ」

永子は、夫をみつめていた。

体中から力が抜けて行くようである。

「しかし、アンリもひどいことをいう奴だな。たしかに、あいつの不正を発見したのは俺だから、怨めしいのかも知れないが、逆怨みだよ。悪事を働こうとしたのは、あいつなんだ……」

「あなた……」

永子はそっと涙を拭いた。

「あたし、心配で……不安で、昨夜はどうしてよいか」

「馬鹿だな、俺が浮気なんかするか」

夫の手が、永子をひきよせた。

「お袋や比呂子のことで、お前が大変なのはわかっていた。しかし、どうしてやりようもなかったんだ」

「ごめんなさい。あたし……」

漸く、甘い気持が胸の奥から甦って来て、永子は夫の胸に顔を埋めた。

B

邦夫が出社して行くのと入れちがいに、田中和一郎の妻の美代子がやって来た。

美代子の話は、邦夫の説明を完全に裏づけるものであった。

「そりゃ大変でした。うちの主人なんか、一時はどうなることかと思って……みんな支店長さんのお働きのおかげですわ」

そういわれて、永子の心にあった疑いは氷解したが、どこかに不満も残っていた。

仕事のためには、家庭にどんな危機があっても、二の次にしてしまった夫への、かすかなもの足りなさであった。

男にとっては、妻よりも、子供よりも会社が大事なのかと、つい、思ってしまう。

そうではないことは、理屈としてはわかっていた。

邦夫が会社のために、家庭を省みる余裕もなく奔走していたのも、結果からいえば、家庭のため、妻子のために違いない。

これが、日本での出来事なら、なんでもなかったのかも知れなかった。

日本とパリに遠くはなれていたための、心のくい違いだろうと永子も思う。

それでも、永子は、ほっとしていた。

ともかくも、夫と新田恭子の間柄に疑惑を持たなくて済むだけでも、幸せなことであった。

田中夫人に病院を教えてもらって、永子は見舞に行った。

恭子は別人のようにやつれ、老けて、ベッドに横たわっていた。

永子をみると、いやな笑い方をした。

「とうとう、パリまでいらしたのね」

見舞を述べた永子へ冷たくいい放った。

「残念だわ。邦夫さんを奪ってやりたかったのに……」

思いもよらない言葉をきいて、永子は絶句した。

「幸せそうね、奥さまは……どうしてそんなに幸せなの。ご主人にも、佐竹さんにも愛されて……同じ女なのに……あたしがなにをしたというのよ……くやしいわ」

永子が持って来た花束をひきよせると乱暴に花を千切った。

「あたしは邦夫さんが好きよ。あの人の子を産みたかったわ」

泣き叫ぶ恭子に、看護婦がかけつけて、鎮静剤を打った。

永子は早々に病院を出た。

新田恭子は夫を愛していたのだと思った。

妻子のある木村邦夫をひそかに愛していながら、アンリと結婚し、子を産んだ。そして、そのアンリは、詐欺を働き、恭子と子供を捨てて行った。

恭子の狂乱の気持がわかって、永子は途方に暮れていた。

病院を出て、シャンゼリゼへ向ったのは、夫と夕方六時に、シャンゼリゼのカフェ・プーケで逢う約束になっていたからである。

時間は、まだ早すぎた。

といって、アパートへ帰って、恭子の赤ん坊の世話をする気にもなれない。その必要はないと、田中夫人もいってくれたことでもあった。

思いついて、永子は佐竹のホテルへ電話をした。

佐竹は居た。

シャンゼリゼに近いホテルである。

「すぐ行きます」

カフェ・プーケへ佐竹はやって来た。

さまざまの誤解を、永子は佐竹に説明した。

「そうでしたか。よかったですね」

佐竹はうなずきながら、きいていた。その横顔がどこか寂しげで、或る怒りがあるのに永子は気がつかなかった。

「いろいろ、御心配をかけまして……」

長い話が終り、くつろいでコーヒーを飲んでいるところへ、邦夫がやって来た。

永子と同席している佐竹に、邦夫はちょっと驚いたようである。

佐竹は立ち上って挨拶をし、永子は佐竹にさまざまの厄介をかけたことを夫に話した。

それに対して、邦夫は丁寧に礼をのべたが、その態度はどこかそっけなかった。

「それじゃ僕はこれで失礼します」

佐竹がカフェを出て行ってしまってから、永子は夫にいった。

「佐竹さんを、お食事にお招きして下さればよかったのに……」

それが自然であった。

比呂子が事件を起した時も、永子が家を出た時も、佐竹は、親身になって永子母娘のために行動してくれた。

夫から、もう少し、心のある礼を永子は佐竹にいってもらいたかったと思った。

「お前、昨夜、佐竹君と一緒だったのか」

邦夫がいい、永子はうなずいた。

「ええ、ご一緒にお食事をしましたのよ」

「ランブイエまで遠出してか」

夫の言葉に或るニュアンスがあって、永子は驚いた。

「俺は、お前のホテルに十二時まで待っていたんだよ。随分、遅かったじゃないか」

「アンリに逢って、いろいろいわれて、あたし、貧血を起したんです。それで、佐竹さんが休ませて下さって……御迷惑をおかけしてしまいましたのよ」

「気らくなものだな。パリまで来て……俺が悪戦苦闘していたというのに……」

「そんなふうにおっしゃるのなら、あたしだって、あなたのお留守に、とてもつらい思いをしていたんです」

せめて、手紙の一本、電話ででも、パリの事情を夫が知らせておいてくれたら、あれほど、心が凍るほどの不安におびやかされずに済んだものをと、永子には怨めしい。

「そんな余裕はなかったんだ」

「電話をかけることもですか」

「家庭のことは、お前にまかせて安心していたんだ。今までずっとそうだったじゃないか」

「でも、パリの時代と、東京では、違いますわ」

綾子と二人の家庭なら、まかせてもらっても責任が持てると永子は思う。

しかし、姑や小姑を含む東京の家庭の複雑さを、邦夫は、なんと思っているのか。

「他人じゃないんだ。俺のお袋や妹じゃないか」

「比呂子さんに、綾子を殺されたかも知れないのよ」

「オーバーなことをいうなよ。比呂子だって、それほど馬鹿じゃない。百合が死んだわけでもないだろう」

永子は神経質すぎると、邦夫はいった。

「百合ちゃんは死にかけたのよ、佐竹さんもかけつけて下さって……佐竹さんにうかがってみて下さい。あの場合、あたしが神経質すぎたかどうか……」

「君は少し、佐竹君を意識しすぎるよ。彼は他人なんだ。あまり、家庭の中のことまで、お喋りしすぎるのではないか」

永子は黙った。

が、叫び出したいものが、胸一杯にあふれていた。

佐竹がいなかったら、自分はどうしたろうと思う。

佐竹を他人という邦夫だったが、永子にとっては、姑も小姑も敵であって、味方ではなかった。

日本での生活の中で、ただの一度も姑や小姑から親切にしてもらったおぼえはなかった。

尽しても、尽しても、戻ってくるのはそっけなさと、冷たさだったと思う。

「それは、君のひがみだよ」

邦夫は不快そうにいった。

「お袋も妹も、決して気がつくほうじゃない。地方で生活して来て、デリケートじゃない部分もあるだろう。しかし、君がいうように鬼のような人間だとは思わないよ」

「鬼だとは思いません。でも、たよりにならなかったのは本当ですわ」

「君が、たよろうとしなかったからじゃないのか」

「安心していたら、綾子を死なせるところだったんです」

あの恐怖をどうしたら夫に理解してもらえるのか、永子はもどかしかった。

「又、その話か……」

顔をしかめ、邦夫は煙草をとり出した。

夫婦の間に、とんでもない溝が広がりつつあるのを永子は感じていた。

夫婦は他人、という言葉が、永子の内部で急に大きくなるようであった。

パリ時代、夫と綾子と三人で暮していた時には、考えもしなかった感覚である。

翌日をパリに滞在して、永子は夫より一足先に帰国した。

往きとは、又、違った不安が永子の内部に育っていた。

一週間、遅れて、邦夫は日本へ帰って来た。

京都へ連絡があったのは、翌日で、

「お袋と保子は、比呂子のマンションへ引越したから、綾子を連れて帰って来いよ」

と電話でいう。

「邦夫はんはどないに考えてはるのやろうか。留守中にいろいろあったのを知らんわけでなし、せめて、京都まで、永子を迎えに来てくれはってもよろしいになあ」

滅多に愚痴をいわない祖母の信子がいったが、兄の重治は笑って、たしなめた。

「邦夫はんかて、忙しい体でっせ。別に夫婦喧嘩したわけやなし、こだわったら、永子がかわいそうやがな、おばあちゃん」

しかし、永子にしても、夫の態度はすっきりしなかった。

京都まで来て、祖母にも兄にも、心配をかけましたと挨拶するのが当然だと思う。
それでも帰らないわけにはいかなかった。
月曜からは綾子の新学期でもある。
日曜に、永子は綾子と慌しく帰京した。
三軒茶屋の家には、邦夫が一人で待っていた。
「東京駅まで行きたかったんだが、留守番がなくてね」
それでも綾子を抱き上げて、すまなさそうにいった。
綾子は父の顔をみただけで安心し切っている。
綾子の手前、あまり話も出来ず、永子は京都から持って来た材料で夕食の仕度をし、
その夜は親子三人、くつろいだ食事をすませた。
「綾子、パパと風呂へ入るか」
邦夫がいって綾子と入浴し、綾子は早々とベッドに入った。
家の中が、広々としている。
気がついてみると、茶簞笥や家具などの大半がなくなっていた。
「お袋が必要なものを、むこうへ運んだんだ。もともと、お袋が買ったものだからね」
邦夫がいい、永子はうなずいた。
そのくせ、二階には姑のものも、保子のものも、かなりそのままになっている。
「比呂子のマンションも、そう広くはないから、全部、運ぶわけにはいかないんだ。も

ともと、今度のことは、とりあえずの処置だから、二階はそっとしておいてくれ」

夫婦二人になると、邦夫の口調は、ひどく不満そうになった。

止むなく、母と妹を別居させたといわんばかりである。

「仕送りはするよ。俺のお袋なのだから……」

永子は黙ってうなずいた。

そんなことを、とやかくいうつもりはなかった。

ただ、夫の態度がひどく寂しかった。

それでも、翌日から親子三人の生活が、復活した。

綾子は元気に、新学期を迎えている。

すぐ近くのマンションにいながら、姑も比呂子も保子も、ふっつりと訪ねて来なくなった。

「あの……私から、あちらへうかがってはいけませんか。京都からのお土産もありますし……」

永子は夫に相談したが、

「その必要はないよ。行けば、又、トラブルのもとになるのではないのか」

邦夫は反対した。

「でも、このままですと、まるで敵になってしまったようで……」

「敵にしたのは、お前じゃないのか」

夫の言葉に、永子は再び、打ちのめされていた。

夫は、決してこの別居を喜んでいないのがはっきりわかった。

永子は蒼ざめた。

綾子がいる時は、昔とかわらないやさしいパパぶりをしめす夫が、夫婦二人になると、まるで、そっけない。

すきま風が、じわじわと夫婦の間を流れていた。

女の家庭

A

秋、永子は再び、原宿のタオルの店で働くようになっていた。

朝、綾子を学校へ送り出し、邦夫が出勤して行ったあと、家事をすませて、十時までに店へ出る。

店の二階にある仕事場で、さまざまのデザインのタオル製品の制作指導をしたり、新しいアイディアを考えたりするのが永子の仕事であった。

時には、店にも出て、客の注文をきいたり、おくりものの相談に乗ったりもする。

三時をすぎると、綾子が学校の帰りに店へ寄って、二階のすみにある机のところで、永子が用意したおやつを食べ、宿題などを一人でやってしまう。

そして、五時になると、仕事の終った永子と一緒に三軒茶屋へ帰るのであった。

「どうせ学校の帰り道に店があるのだし、一人ぼっちで家へ帰るより、そのほうがいいでしょう」

と店のほうで勧めてくれたことであった。

帰り道にスーパーで買い物をして、夕食の仕度をする。

邦夫は、早くても七時にならないと帰宅しないし、つきあいで遅い日も多い。

そんな時は、綾子と食事をすませたあと、勉強をみてやりながら永子は縫いぐるみを作ったり、新しいタオルの子供用の部屋着などのデザインを考えたりする。

姑の勝江や小姑の保子と同居していた時よりも、遥かに自由な時間が持てたし、気がねもなくなった。そして、その分だけ、タオル店からの収入が増えた。

最初は、夫の収入の殆どを、永子は姑のほうへ送っていた。

「三分の一くらい、送ってやってくれ」

と夫にいわれて、その通りにしたのだが、送って十日も経たない中に、勝江から電話で金の無心が来る、いわれた金額を送って、又、一週間もすると電話がかかってくるといった始末で、結局、邦夫の月給の大半がむこうに行ってしまう。

それでも、タオル店からの収入が悪くはなくて、親子三人食べるだけのことはなんとかなった。

だが、生活に余裕はない。

たまたま、隣家の主婦で、町内の世話人をしているのが、

「奥さん、パリにお住いだったそうですけど、簡単なフランス語、教えてくれという人がいるんですけどね」

ともちかけてきた。

知人で、御主人の仕事の都合上、来春からパリへ移らなければならない一家があり、せめて、行くまでに、少しでもフランス語になじんでおきたいという切実な希望をもっている。

「奥さんに面倒みて頂けたら、とても助かるんですけどね」

三十二歳の主婦とその妹の二人だといわれて、永子は一応、夫に相談してから、

「私でよろしければ……」

と返事をした。

最初は日曜の午後、二、三時間ということだったが、先方は熱心で、普段の日も、電話をして来て、邦夫の帰宅が遅いとわかると、夜の七時から九時ぐらいまで、会話のレッスンにやってくる。

おっとり育った、明るく人のいい姉妹で、永子も親身になって教えたから進歩も早いし、喜ばれた。そっちの月謝も馬鹿にならない収入になった。

働いて金を得る自信がついて、永子はあまり、くよくよしなくなった。

姑との別居は夫が考えたことであったし、するだけのことはしているという気持もあった。

比呂子のマンションで母子、姉妹が水入らずで生活しているのであった。将来はとにかく、今はこれでよいと永子は思うことにしていた。

夫の不満はつらかったが、妻として出来るだけのことはしたのだとひらき直る心もあった。

どっちにしても、姑の死に水だけは自分がとる覚悟でいるのだから、いつかは夫にもわかってもらえると思う。

実際、永子の毎日は多忙で充実していた。夫の顔色を窺《うかが》っているひまもなかった。

十月のなかばに、京都から兄の重治がやって来た。

商売のことで、東京に用事があったついでだといい、松茸の籠を二つ、下げて来てくれた。

「嬉しいわ。せめて一回ぐらいは松茸御飯と思いながら、手が出せなかったの」

日曜日であったが、邦夫は招待ゴルフに出かけていて留守であった。

重治を加えて、三人での昼食をすませると、例のフランス語の弟子がやってくる。

「何なら、綾子と渋谷まで行って来よ」

重治は気軽に、綾子をさそって出かけて行ったが、帰って来た時は、綾子のために可愛いセーターとスカートを買って来た。

「たまには、伯父ちゃんもええとこみせなあかんな」

さりげなく笑って帰って行ったが、永子には、兄が、もう、この家の経済の苦しさに気がついたのだとわかっていた。

そういうところは、細かく気のつく兄である。

松茸の籠の一つを、永子はさんざん考えたあげく、比呂子のマンションへ持って行った。

別居してから義妹のマンションへ行くのは、これがはじめてであった。

突っかえされるのも覚悟で出かけて行ったのだが、マンションには、勝江が一人ぼんやりテレビをみていた。

「二人とも出かけたのよ、あたしだって、家にいたくないけど、外へ出るのも億劫《おっくう》だしお金もないのでね」

松茸の籠を礼をいうでもなく受けとった。

「今日、邦夫は……」

「ゴルフに出かけて居ります」

「そう、いい御身分ね」

上れともいわず、永子も、そのつもりはなかった。

その夜は松茸飯を炊いた。茶碗蒸しにも少し入れ、邦夫のためには焼いて、すだちをかけた。

「兄さんのお土産か、そりゃ本物だな」

日本酒をつけて、邦夫は流石に眼を細くした。

「京都のお祖母さんは、お元気かい」

「ええ、まあまあでしょう。もうお年ですから……」

「綾子と三人で、京都へ行って来ないといけないな。夏には、御心配をかけっぱなしだった……」

やはり、夫は京都へ挨拶に行っていないことを気にしていると、永子は思った。

パリから帰って来た当座は、夫もつらかったのだろうと、今更ながら永子は気がついた。

息子の口から、母親や妹に、家から出て行くように宣告したわけである。理由はさておいて、心中は苦しく、しのびないものがあったに違いない。

夫にすまないという気持が、永子の内部で起っていた。

夫が自分に冷たく当ったのも無理もないと思う。

自分は姑や小姑から受けた被害ばかりを意識して、その姑や小姑の肉親である夫の立場を迂闊にしていたと思う。

「京都の伯父ちゃまに買って頂いたのよ。このセーターとスカート」

思いついたように、綾子がデパートの包をとって来て、永子はどきりとしたが、邦夫は、

「そりゃよかったな」

セーターとスカートを手にとって眺め、

「綾子に似合うだろう」

と笑っている。

玄関の戸があいたのは、そんな時で、

「ちょっと、邦夫、きいてちょうだいよ」

永子が腰を上げるより早く、勝江がもう茶の間に入って来た。

眼をまっ赤に泣き腫らしている。

「どうしたんだよ、母さん……」

邦夫が驚いてすわり直し、勝江はハンカチで眼をおさえながら話し出した。

「比呂子も、保子も、あんまりなのよ。こっちの家から来るお金はみんな取り上げて、あたしにはいくらもよこさないくせに、自分たちは出かけてばっかりいて……食事の仕度だってなんだって、あたしにさせるのよ。それでもって、少々、味つけを間違えたからって、馬鹿だの、もうろくしたのって……」

邦夫がうんざりしたような顔で立ち上った。

電話のダイヤルを廻している。

「おい、比呂子か、どうしたんだ。母さん泣いて来たじゃないか」

二言、三言、話してから茶の間へ戻って来た。

「母さん、ソースで松茸御飯炊いたんだって……」

勝江が息子を睨んだ。

「間違えたんですよ、お醬油と……」

「折角の松茸を台なしにしたと、比呂子がいっている。たしかに、母さんのミステークだな」

「家中のこと、全部、あたしにやらせておいて、文句のいえた義理ですか」

「母さんの娘なんだろう、母さんが叱言をいうなり、教育すればいいんだ」

「あたしのいうことなんか、きくもんですか」

勝江はテーブルの前へすわり込んだ。

食卓の上を、ゆっくり見廻している。

「あたし、食事、まだなのよ」

永子は慌てて立ち上った。

「すみません、ぼんやりしていて……こんなものでよろしかったら……」

茶碗と箸を持って来た。

冷蔵庫から買いおきの魚を出して、勝江のために焼く。

のんびり食事をして、やがて、勝江は帰って行った。

B

佐竹から電話があったのは、十一月になって間もなくの午後であった。

原宿のタオル店の二階で、新しく制作がはじまったガウン類のタオル地を吟味していた永子は、

「お電話です」

階下から呼ばれて下りて行った。

「申しわけありません、お仕事場へ電話をして……」

佐竹の声は、いつもと変りがなかった。

「来週の火曜から、みちるを連れて、京都へ行きますが、御実家に、なにか、おことづけでもありましたら……」

来春四月に入学してくる新入生の受験で火曜日から一週間、小学校が臨時休暇になる。それを利用して、佐竹はみちると京都の家へ行くらしい。

「ありがとうございます。変りなく、元気にしているとお伝え頂けますでしょうか」

生活を切りつめているので、京都への電話も、つい怠りがちであった。

「綾子ちゃんをお連れにはなりませんか」

いくらか遠慮がちに、佐竹が訊く。

「はあ、冬休みには参ろうと思って居りますが……」

今の状態では、京都までの旅費も捻出が難しかった。

佐竹の電話が切れてから、永子は暫くの間、京都に心がとんでいた。

祖母の信子は、もう八十を越えていた。

近頃はひどく気が弱くなっていて、なにかにつけて、永子や綾子に逢いたがると、兄の重治も、この前、話していたことである。

「お医者さんの話やと、心臓があまり丈夫といえんさかい、元気なようにみえても気ィつけなあかんといわれてるんやがな」

夏休みに、ずっと永子と綾子が京都へ来ていたことは、

「おばあちゃんにとっては、ええことやったかも知れんな」

重治の言葉の裏には、暗に、この冬はという気があって、それが、今も、永子の胸にこびりついている。

一週間、小学校が休みなら、綾子を連れて逢いに行ったら、どんなに喜ぶだろうと思う。

その夜、永子は家計簿を眺めて、嘆息をついた。

到底、やりくりがつきそうもない。

だが、いよいよ休みになる数日前に、学校から帰ってきた綾子が、少し、思いつめた顔つきで、

「ママ、あたし、みちるちゃんと京都のおばあちゃまのところへ行ってはいけない」

といい出した。

どちらかといえば、あまり、親にものをねだらない子であった。

パリにいる時、永子がそう躾けたせいもあった。欲しいものでも、よくよく考えてから欲しいという子だったし、遊びに連れて行けば喜ぶが、自分から無理にということのない子である。

みちるに誘われたのかと、永子は思った。

「ママがついて行かなくてもいいの。ママはお店へ行かなければならないし……みちるちゃんのパパに、連れて行って頂くの。みちるちゃんのパパが、おばあちゃまのお家まで送って下さるって……」

「そう……」

綾子を京都へやってやりたいと永子は思った。

祖母は待ちかねているに違いない。自分が行けなくても、綾子の顔を見るだけでも満足してくれるであろう。

綾子一人の旅費だけなら、工面が出来る。

考えて、永子は邦夫に相談をした。

夫が佐竹にこだわっているのは知っている。

だが、邦夫はあっさりうなずいた。

「佐竹さんの御迷惑にならないのか、綾子一人をやって……」

「それを、これからうかがってみます」

子供同士できめて来たことに違いない。

夫の前で、永子は佐竹に電話をした。

「どうも、みちるが強引にお誘いしたようでして……」

佐竹は恐縮していた。

「しかし、もし、おさしつかえなければ、勿論、僕が綾子ちゃんをお連れすることはかまいません。むしろ大歓迎です。喜んで京都へお連れします」

そういわれて、永子は電話口で頭を下げた。

「本当に厚かましいことでございますが、それではよろしくお願い致します」

京都へも電話を入れた。

「綾子ちゃんが、佐竹さんと……そりゃええ、おばあちゃん、どないに喜ばはるか……京都駅には、あてが迎えに出るよってに、列車がわかったら知らせてや……ああ帰りはなんなら、あてが送って行ってもかめへん。心配しいな……待ってるで……」

重治の声もはずんでいた。

火曜日、綾子は佐竹親子と共に、張り切って新幹線に乗って行った。

子供がいるといないとでは、こんなにも家庭の雰囲気が違うものなのかと、永子は思い知らされた。

綾子の姿がないだけで、ぽっかりと家の中に空間が出来てしまう。

「なんだか、寂しいな」

遅く帰宅した邦夫が笑った。

子供部屋のベッドに寝ているおかっぱ頭がみえないだけなのに、夫婦共に落ちつかなくなってしまう。

「夕方、電話がありましたのよ。元気な声で、今、着いたって……」

「土曜になったら、俺達も行こうか」

永子は慌てた。

そんな金はないことを、夫に知らせたくなかった。

「もったいないわ。どっちみち、冬休みには行きたいと思っていますから……」

そのくせ、横になってからひどく祖母のことが気になった。

母を早く失った永子にとって、祖母は、祖母であり、母でもあった。

翌日である。

邦夫が出勤し、永子は洗濯物を干していた。

電話が鳴った時、永子は急に悪い予感がした。

受話器をとりながら、背筋を冷たいものが走るのを感じた。

「もしもし、永子か……」

重治の声が上ずっていた。

「おばあちゃんが倒れたんや。心臓発作や、もう、あかんかも知れん……来れるか」

「行きます」

やっぱり、という思いが永子を貫いていた。

会社へ電話をして、邦夫に連絡をとり、タオルの店にも休ませてもらうよう頼んだ。

身仕度もそこそこに、羽田へ行った。

この際、家計もへったくれもない。

羽田から京都の家へ電話を入れた。

「今、お医者さんがついていますす。綾子ちゃんが枕許にすわっているのよ。永子さんも早く……」

兄嫁の秋子の声が泣いている。

それだけで祖母の容態がわかった。切符のとれた便名を告げ、永子は茫然と待合室に腰を下した。

綾子が京都へ行きたいといったのは虫の知らせだったと思う。

祖母が、綾子を呼んでいたのだ。

綾子と一緒に行っていたらと考えて、永子は涙をこぼした。

おそらく、もう間に合わないと直感していた。

それでも、祖母の枕許に綾子がすわっているのが頼もしかった。

伊丹の空港には、佐竹が立っていた。

「迎えに来ました」

それだけいって、永子のスーツケースをとると先に立った。

車を運転して来ている。

「今朝、みちるが、綾子ちゃんに電話をして、それで、知りました」

佐竹も、かけつけてくれていたらしい。

「永子さんがいらっしゃる便名をきいたものですから……」

祖母の容態については、なにもいわなかった。佐竹がいわないことで、永子は気がついていた。心臓は勝負が早い。

辻村の店の前には、人が集っていた。

近所の人々で、佐竹の車から下りて家へ走り込んで行く永子を気の毒そうに見送っている。

信子は、いつものように睡っていた。

睡っているように、永子の眼にはみえた。

重治が綾子の肩を抱くようにして、枕許にいる。

「おうち、永子さんが……」

秋子の声で、重治が入って来た永子をみた。

「永子……おばあちゃん、綾子の手を、永子の手やと思うて……永子の名を呼んで」

重治が絶句し、よろめくように布団のきわへ手を突いた妹をみた。

「永子が来るまで、顔に布はかけとうないと思うて……」

「おばあちゃん……」

微笑しているような信子の顔へ、永子は顔をよせた。

「ごめんなさい、おばあちゃん……」

「ママ……」

泣きながら、綾子がいった。

「ママ、あたしがいたから……あたしがおばあちゃんのお手々を持っていたから……」

母のかわりに祖母をみとったといいたげな綾子であった。

「綾子、えらかったえ、綾子、ほんまにえらかった……」

重治が綾子を抱きしめて、涙をこぼした。

C

夜には、邦夫も東京からとんできた。

翌日が本通夜で、更に一日おいて告別式がすんだ。

寺からまっすぐに邦夫だけが帰京することになっていた。

「お前、これ、おいて行くよ」

駅まで送って行った永子に、邦夫はタクシーの中で、封筒を渡した。

「なんです」

「金だよ」

「お金……」

「家計簿みたよ」

低い声でいい、邦夫は苦笑した。

「お前、俺の月給、みんな、むこうへやっちまってたのか」

「だって……」

「冗談じゃない。俺はお前の夫で綾子の父親なんだぞ。女房子ほったらかして、お袋と妹養うなんて……おかしいじゃないか」

　邦夫のいいたいことは、永子にもわかった。

「東京へ帰ったら、比呂子と保子にいってやる。二人とも、一人前なんだ、働くなりなんなりして自活させる。冗談じゃないぞ、全く……」

　永子を眺めて、少し笑った。

「大体、お前は尽しすぎだぞ」

　少しは、俺達の家庭のことも考えろ、といわれて、永子は泣き微笑《わらい》になった。

「だから、一生けんめい働いていたのよ」

「ごめんよ」

　邦夫があやまった。

「俺は、どうも、俺の肉親を甘やかしすぎたようだ」

　心配しないで、法事がすんだら、帰って来いと夫はいった。

「俺が大事なのは、なんといっても、お前と綾子なんだから……」

「お姑さまだって、大事にしなけりゃ……」

「そりゃあそうだが……」

　改札口を通りながら、妻へ手をふった邦夫の表情は、永子の知っている、いつもの彼であった。

　パリから帰って来た時の翳《かげ》はもうない。

その夜、永子は、はじめて重治に、夏からこっちの家庭の状態を打ちあけた。

「そら、永子が耐えたさかいに、あんじょういったんやで……おばあちゃんが、よういうてなすったがな。京女の値打は耐える時によう耐え抜くことやて……永子も京女やったんやな」

気がついたように、手文庫をとってきた。

祖母が愛用していた手文庫である。

その中から、重治が銀行預金の通帖を出した。

「おばあちゃんのへそくりや。永子にやって欲しいと、かねがね、いうてはったんや、永子のへそくりにおし……」

「とんでもない、そんな、兄さんが……」

「あては辻村の店そっくり継がしてもろたんや。秋子もおばあちゃんには、いろいろ形見をもろうてる……これは永子のや、みんな、永子がもろうてええもんや」

佐竹が訪ねて来たのは、翌日であった。

「僕の一身上のことで、少し、お話ししたいんですが……」

仏壇に香華をたむけてから、そっという。

永子は佐竹と共に、辻村家を出た。

晩秋の京都は、少し郊外へ出ると自然が美しかった。

散り残った紅葉と、尾花の枯れた穂と、それを吹く風がもう冷たい。

「実は、パリへ行くことになりました」

野の道を歩きながら、佐竹がぽつんといった。

「地上勤務にかわることになったんです」

パーサーという仕事は、みちるのためにもやめたいと考えていたと佐竹はいった。

「パリにうちの系列のホテルがオープンしました。そこにポストを与えられたものですから……」

「みちるちゃんは、どうなさいますの」

「僕の母が、当分、パリへ来てくれることになりました。みちると三人でパリで暮します。みちるも最初は泣きましたが、やはり、パパと一緒に行くといってくれましたので……」

年があけたら、まず佐竹がパリへ行き、東京のマンションには佐竹の母が来て、三月まで、みちると東京暮しをしてからパリへ発つという。

「みちるにも、あの年での外国暮しは決してマイナスにはなるまいと思いますので……」

「羨しいですわ、パリへいらっしゃるなんて……」

実感であった。

夫と綾子とすごしたパリでの生活は、外国暮しというハンデがあっても、やはり、なつかしく、楽しい思い出が多い。

「一緒に来て下さい、といいたいですよ」

ふと、佐竹が眼許だけで笑った。

「来て下さいといったら、来てもらえるかと、随分考えたこともあります。が、どう考えても来てもらえるとは思いませんでしたので、あきらめました」

たまりかねたように笑い出した。

「まことに残念です。永子さんにご主人のあることが……」

永子も微笑した。

「私も、残念ですわ」

「パリはいい街ですからね」

「ええ、とっても魅力的な街……」

「かえすがえすも、残念です」

その中、綾子ちゃんを連れて遊びに来て下さい、と佐竹はいった。

「みちるがいいました。綾子ちゃんと一緒だった日々は、一生、忘れないって……僕もです、永子さんとおつき合いをした日々を、僕も一生、おぼえているでしょう」

冗談のようにいいながら、冗談ではないものが佐竹の言葉にこもっていた。

男と女には友情は成立しないものかと永子は考えていた。

佐竹の告白は、永子への愛であった。冗談らしく、笑いにまぎらわしながら、それは、男の、女に対する愛の告白に他ならない。

「いろいろとありがとうございました」

つとめて、平静に永子は頭を下げた。

「佐竹さんにはお世話になりっぱなしで……私、佐竹さんがいらっしゃらなかったら……今日まで木村家の嫁でいられたかどうか……それを思うと、お礼の申し上げようもありませんわ」

本心であった。

夫がパリへ行ったきり、夫婦の間に大きな断絶が出来た時、さりげない佐竹の心くばりが、永子を支えて、はげましてくれた。

「そういわれると、喜んでいいのか、悲しむべきなのか……僕としては、永子さんが木村家のお嫁さんでなくなる日を期待していた筈なんですがね」

明るく笑った。

「冗談はとにかく、どうか、お幸せになってください。それだけです……」

永子をみつめた眼に抑えた情熱があった。

永子を辻村まで送って、佐竹は再び、車を運転して帰って行った。

祖母の居間へ上って、永子は窓をあけた。

ここから、賀茂川がよくみえる。

すでに夜で川の面には京の街の灯が映っていた。

少女の日、祖母とここから川面を眺めて過した日々が夢のようである。

あの頃は、どんな結婚をするかも知らず、童話の中の王子様がいつか白馬に乗って自分を迎えに来てくれるような甘いものにくるまれていた。

佐竹に愛されていたのだという永子の実感は、どこか、少女の日の王子の夢に似ていた。

甘く、幸せではあったが、生活のしたたかな手ごたえはない。

それでよかったのだと永子は思っていた。

現実に佐竹が入り込んで来ては、とんだことになっただろう。

佐竹のために、夫や綾子を捨てることが出来る自分だとは思えない。

人は、永子の生き方を平凡というかも知れなかった。

夫以外の男性から愛されながら、それに対して跳ぶこともせず、現実の中に埋もれて一生を終えようとしている。

それしか自分には出来ないと永子は呟いていた。

夫を愛し、綾子を愛しながら、平凡な家庭を守るために、これからの歳月を、時には耐え、時には自分を主張しながら、力一杯、生きることが、幸せだと、永子は信じている。

川から冷えが上って来て、京の夜はゆっくりと更けて行った。

淡い月が、空に出ている。

〈初出〉
「主婦の友」昭和51年9月号～52年12月号
単行本　昭和53年2月　主婦の友社刊
文庫　昭和56年2月　文春文庫

文春文庫

女《おんな》の家《か》庭《てい》

定価はカバーに表示してあります

2014年5月10日　新装版第1刷
2023年6月30日　第2刷

著　者　平《ひら》岩《いわ》弓《ゆみ》枝《え》
発行者　大沼貴之
発行所　株式会社 文藝春秋

東京都千代田区紀尾井町 3-23　〒102-8008
TEL 03・3265・1211(代)
文藝春秋ホームページ　http://www.bunshun.co.jp

落丁、乱丁本は、お手数ですが小社製作部宛お送り下さい。送料小社負担でお取替致します。

印刷製本・凸版印刷

Printed in Japan
ISBN978-4-16-790099-1

文春文庫　平岩弓枝の本

（　）内は解説者。品切の節はご容赦下さい。

平岩弓枝
鏨師《たがねし》

無銘の古刀に名匠の偽銘を切る鏨師と、それを見破る刀剣鑑定家。火花を散らす厳しい世界をしっとりと描いた直木賞受賞作「鏨師」のほか、芸の世界に材を得た初期短篇集。（伊東昌輝）

ひ-1-109

平岩弓枝
秋色（上下）

有名建築家と京都の名家出身の妻、この華麗なる夫婦の実態は……。シドニー、麻布、銀座、奈良、京都、伊豆山と舞台を移して、華やかに、時におそろしく展開される人間模様。

ひ-1-126

平岩弓枝
花影の花
大石内蔵助の妻

大石内蔵助の妻の視点から描いた平岩弓枝版忠臣蔵。華々しく散った夫の陰で、期待に押しつぶされる息子とひたむきに生きた妻。家族小説の名手による感涙作。吉川英治文学賞受賞作。

ひ-1-129

平岩弓枝
御宿かわせみ

「初春の客」「花冷え」「卯の花匂う」「秋の蛍」「倉の中」「師走の客」「江戸は雪」「玉屋の紅」の全八篇を収録。江戸大川端の小さな旅籠「かわせみ」を舞台とした人情捕物帳シリーズ第一弾。

ひ-1-201

平岩弓枝
江戸の子守唄
御宿かわせみ2

表題作ほか、「お役者松」「迷子石」「幼なじみ」「宵節句」「ほととぎす啼く」「七夕の客」「王子の滝」の全八篇を収録。四季の風物を背景に、下町情緒ゆたかに繰りひろげられる人気捕物帳。

ひ-1-202

平岩弓枝
水郷から来た女
御宿かわせみ3

表題作ほか、「秋の七福神」「江戸の初春」「湯の宿」「桐の花散る」「風鈴が切れた」「女がひとり」「夏の夜ばなし」「女主人殺人事件」の全九篇。旅籠の女主人るいと恋人で剣の達人・東吾の活躍。

ひ-1-203

平岩弓枝
山茶花《さざんか》は見た
御宿かわせみ4

表題作ほか、「女難剣難」「江戸の怪猫」「鴉を飼う女」「鬼女」「ぼてふり安」「人は見かけに」「夕涼み殺人事件」の全八篇。女主人るい、恋人の東吾とその親友・畝源三郎が江戸の悪にいどむ。

ひ-1-204

（　）内は解説者。品切の節はご容赦下さい。

平岩弓枝
幽霊殺し
御宿かわせみ5
表題作ほか、「恋ふたたび」「奥女中の死」「川のほとり」「源三郎の恋」「秋色佃島」「三つ橋渡った」の全七篇。江戸の風物と人情、そして「かわせみ」の女主人るいと恋人の東吾の色模様も描く。
ひ-1-205

平岩弓枝
狐の嫁入り
御宿かわせみ6
表題作ほか、「師走の月」「迎春忍川」「梅一輪」「千鳥が啼いた」「子はかすがい」の全六篇を収録。美人で涙もろい女主人るい、恋人の東吾、幼なじみの同心・畝源三郎の名トリオの活躍。
ひ-1-206

平岩弓枝
酸漿《ほおずき》は殺しの口笛
御宿かわせみ7
表題作ほか、「春色大川端」「玉菊燈籠の女」「能役者、清大夫」「冬の月」「雪の朝」の全六篇を収録。おなじみの人物を縦横に活躍させて、江戸の風物と人情を豊かにうたいあげる。
ひ-1-207

平岩弓枝
白萩屋敷の月
御宿かわせみ8
表題作ほか、天野宗太郎が初登場する「美男の医者」「恋娘」「絵馬の文字」「水戸の梅」「持参嫁」「幽霊亭の女」「藤屋の火事」の全八篇。ご存じ〝かわせみ〟の面々が大活躍する人情捕物帳。
ひ-1-208

平岩弓枝
一両二分の女
御宿かわせみ9
表題作ほか、「むかし昔の」「黄菊白菊」「猫屋敷の怪」「藍染川」「美人の女中」「白藤検校の娘」「川越から来た女」の全八篇。江戸の四季を背景に、人間模様を情緒豊かに描く人気シリーズ。
ひ-1-209

平岩弓枝
閻魔まいり
御宿かわせみ10
表題作ほか、「蛍沢の怨霊」「金魚の怪」「露月町・白菊蕎麦」「源三郎祝言」「橋づくし」「星の降る夜」「蜘蛛の糸」の全八篇収録。小さな旅籠を舞台にした、江戸情緒あふれる人情捕物帳。
ひ-1-210

平岩弓枝
二十六夜待《にじゅうろくやまち》の殺人
御宿かわせみ11
表題作ほか、「神霊師・於とね」「女同士」「牡丹屋敷の人々」「源三郎子守歌」「犬の話」「虫の音」「錦秋中仙道」の全八篇。今日も〝かわせみ〟の人々の推理が冴えわたる好評シリーズ。
ひ-1-211

（　）内は解説者。品切の節はご容赦下さい。

平岩弓枝
夜鴉《よがらす》おきん
御宿かわせみ12
江戸に押込み強盗が続発、「かわせみ」へ届けられた三味線流しおきんの結び文が解決の糸口となる。他に名品と評判の「岸和田の姫」「息子」「源太郎誕生」など全八篇の大好評シリーズ。
ひ-1-212

平岩弓枝
鬼の面
御宿かわせみ13
節分の日の殺人、現場から鬼の面をつけた男が逃げて行った。表題作の他「麻布の秋」「忠三郎転生」「春の寺」など全七篇。大川端の御宿「かわせみ」の面々による人情捕物帳。（山本容朗）
ひ-1-213

平岩弓枝
神かくし
御宿かわせみ14
神田界隈で女の行方知れずが続出する。神かくしはとかく色恋のつじつまあわせに使われるというが……東吾の勘がまたも冴える。御宿「かわせみ」の面々がおくる人情捕物帳全八篇。
ひ-1-214

平岩弓枝
恋文心中
御宿かわせみ15
大名家の御後室が恋文を盗まれ脅される。八丁堀育ちの血が騒ぎ、東吾がまたひと肌脱ぐも……。表題作ほか、るいと東吾が晴れて夫婦となる「祝言」「雪女郎」「わかれ橋」など全八篇収録。
ひ-1-215

平岩弓枝
八丁堀の湯屋
御宿かわせみ16
八丁堀の湯屋には女湯にも刀掛がある、という八丁堀七不思議の一つが悲劇を招く。表題作ほか、「ひゆたらり」「びいどろ正月」「煙草屋小町」など全八篇。大好評の人情捕物帳シリーズ。
ひ-1-216

平岩弓枝
雨月
御宿かわせみ17
生き別れの兄を探す男が、「かわせみ」の軒先で雨宿りをしていた。兄弟は再会を果たすも、雨の十三夜に……。表題作ほか「尾花茶屋の娘」「春の鬼」「百千鳥の琴」など全八篇を収録。
ひ-1-217

平岩弓枝
秘曲
御宿かわせみ18
能楽師・鷺流宗家に伝わる一子相伝の秘曲を継承した美少女に魔の手が迫る。事件は解決をみるも、自分の隠し子らしき男児が現われ、東吾は動揺する。「かわせみ」ファン必読の一冊！
ひ-1-218

（　）内は解説者。品切の節はご容赦下さい。

平岩弓枝
かくれんぼ
御宿かわせみ19

品川にあるお屋敷の庭でかくれんぼをしていた源太郎と花世は隣家に迷い込み、人殺しを目撃する。事件の背後には——。表題作ほか「マンドラゴラ奇聞」「江戸の節分」など全八篇収録。

ひ-1-219

平岩弓枝
お吉《きち》の茶碗
御宿かわせみ20

「かわせみ」の女中頭お吉が、大売り出しの骨董屋から古物を一箱買い込んできた。やがて店の主が殺され、東吾はお吉の買物の中身から事件解決の糸口を見出す。表題作ほか全八篇。

ひ-1-220

平岩弓枝
犬張子の謎
御宿かわせみ21

花見の道すがら、るいが買った犬張子には秘められた仔細があった。玩具職人の、孫に向けた情愛が心を打つ表題作ほか「独楽と羽子板」「鯉魚の仇討」「富貴蘭の殺人」など全八篇収録。

ひ-1-221

平岩弓枝
清姫おりょう
御宿かわせみ22

宿屋を狙った連続盗難事件の陰に、江戸で評判の祈禱師、清姫稲荷のおりょうの姿がちらつく。果してその正体は？　「横浜から出て来た男」「穴八幡の虫封じ」「猿若町の殺人」など全八篇。

ひ-1-222

平岩弓枝
源太郎の初恋
御宿かわせみ23

七歳になった初春、源太郎が花世の歯痛を治そうとして巻き込まれたのは放火事件だった——。表題作ほか、東吾とるいに待望の長子・千春誕生の顛末を描いた「立春大吉」など全八篇収録。

ひ-1-223

平岩弓枝
春の高瀬舟
御宿かわせみ24

江戸で屈指の米屋の主人が高瀬舟で江戸に戻る途上、変死した。懐中にあった百両もの大金から下手人を推理する東吾の活躍を描く表題作ほか、「二軒茶屋の女」「紅葉散る」など全八篇。

ひ-1-224

平岩弓枝
宝船まつり
御宿かわせみ25

宝船祭で幼児がさらわれた。時を同じくして「かわせみ」に逗留していた名主の嫁が失踪。事件の背後には二十年前の同様の子さらいが……。表題作ほか「冬鳥の恋」「大力お石」など全八篇。

ひ-1-225